Roland Seiler

Die Geheimnisse der Anna Seiler

Auf den Spuren der Gründerin des Inselspitals

Autor

Roland Seiler ist 1946 in Bönigen im Berner Oberland geboren.

Nach einer Lehre als Vermessungszeichner und dem Ingenieurstudium an der Fachhochschule in Basel war er zuerst in der Verwaltung, dann rund 25 Jahre als Verbandsfunktionär tätig. Während 16 Jahren vertrat er die Sozialdemokratische Partei im Grossen Rat des Kantons Bern.

Seit 1972 ist er verheiratet und hat zwei erwachsene Kinder. Heute lebt er zusammen mit seiner Frau in Interlaken und in Cucuron (Provence).

Buch

Den wegen Sparmassnahmen frühpensionierten ehemaligen kantonalen Beamten Robert Schneider hat es in die Provence verschlagen.

Mehr aus Langeweile als wirklichem Interesse versucht er, mehr über das wenig bekannte Leben von Anna Seiler, der Begründerin des Inselspitals in Bern, zu erfahren. Zufällig stösst er dabei auf pikante, bisher offenbar geheim gehaltene Informationen.

Als versucht wird, seine Recherchen mit kriminellen Mitteln zu vereiteln, fühlt er sich erst recht herausgefordert.

Roland Seiler

Die Geheimnisse der Anna Seiler

Roman

Tote verdienen Ruhe
Roland Seilers Erstling
2. Auflage: 2016

ISBN 978-3-7431-1405-0

© 2017 Roland Seiler

Korrekturen:
Josef Emmenegger, Hansjörg Dietiker und Irène Seiler

Umschlagfoto: Jost von Allmen, Interlaken

Herstellung und Verlag:
BoD - Books on Demand,
Norderstedt

ISBN 978-3-7431-0199-9

Prolog

Als ich las, Stammvater der Seiler von Bönigen sei wahrscheinlich der 1341 erstmals erwähnte Johans Seiler, wurde ich stutzig. Anna Seiler, die Gründerin des Inselspitals, wurde um 1300 geboren und starb 1360 kinderlos. Könnte es wohl sein, dass da ein Zusammenhang besteht?

In meiner Phantasie entwickelte ich eine wilde Hypothese: Wenn dieser Johans ein geheim gehaltener Sohn der damals reichsten Bernerin gewesen wäre, müsste doch ihr Testament nachträglich als ungültig erklärt werden. Das immense Vermögen wäre dann auf die heute lebenden Seiler aus Bönigen zu verteilen.

1
(Mai 2016)

«J'ai peur!», flüsterte – nein: hauchte die Frau neben mir im Bett in mein rechtes Ohr. Ich drückte sie an mich, um ihr das Gefühl von Sicherheit zu geben. Dabei war meine eigene Sicherheit nur gespielt, denn auch mir war die Situation nicht mehr geheuer.
«Quelqu'un est dans la maison – que faisons-nous?», fragte sie angsterfüllt. Ich antwortete nicht. Ich war nicht im Stande zu antworten, weil sich in meinem Kopf ein Karussell von Fragen drehte: Wo war ich? Wer war die nackte Frau neben mir? Wie war sie in meinem Bett gelandet? Wie stand ich zu ihr? Was war zwischen uns beiden abgelaufen? Warum hat sie mich geweckt? Bestand tatsächlich eine Gefahr?

Ich versuchte, meine Gedanken zu ordnen, aber das gelang mir nicht, weil ich fühlte, wie sie in meinen Armen am ganzen Leib zitterte.

Bevor ich in der Lage war, die Situation einigermassen zu beurteilen, hörte ich, wie die Haustüre ins Schloss fiel. Kurz danach wurden Autotüren zugeschlagen und der Motor eines Autos wurde gestartet.

Wir rührten uns nicht, lauschten und wagten immer noch kaum zu atmen. Langsam begann mein Gedächtnis zu arbeiten und die Erinnerungen nahmen Formen an.

Das Telefon auf dem Schreibtisch hatte mich am Vortag aufgeschreckt, als ich in meinem Haus in Cucuron, das ich kurz zuvor geerbt hatte, bei meiner täglichen Morgenlektüre sass. Im separaten Sportteil der Regionalzeitung LA PROVENCE wurde wie jeden Montag ausgiebig über den letzten Match von OM berichtet, wie der Fussballclub Olympic Marseille hier genannt wird. Zwei Seiten füllten die Reportagen der in Südfrankreich populären Rugby-Spiele und im Lokalteil wurden mehrere Hochzeiten sowie jede noch so kleine Veranstaltung erwähnt und mit je einem Bild dokumentiert. Einmal mehr bedauerte ich, dass das nach der Befreiung Marseilles 1944 vom Sozialisten Gaston Defferre, dem seinerzeitigen Résistance-Kämpfer und späteren Bürgermeister von Marseille, gegründete linke Kampfblatt mit dem Untertitel «Journal des patriotes socialistes et républicains» zu einem oberflächlichen Boulevard-Blatt mutiert ist.

«Das wird wohl wieder einer dieser Werbeanrufe sein», dachte ich verärgert. Ständig will mir jemand Bettwäsche, Tiefkühlprodukte oder Kosmetika andrehen. Ausserdem werden mir ungefragt Energieberatungen, Dachstockexpertisen und Kreuzfahrten angeboten.

Sie müsse dringend mit mir reden, erklärte mir Aurore. Schon die Tatsache, dass sie mich anrief, hatte mich gewaltig erstaunt – erst recht, dass sie mich treffen wollte. Seit dem Tag, als Brigitte vor einem halben Jahr auf

dem Friedhof in Cucuron beerdigt worden war, hatte ich mit Aurore Vial keinen Kontakt mehr gehabt. Mehrmals war ich drauf und dran gewesen, sie anzurufen, aber ich liess es dann doch immer wieder sein, weil ich mich vor ihrer Reaktion fürchtete.
Ich nahm an, sie wolle mich kaum hier im Haus treffen, in welchem sie früher oft mit Brigitte zusammen gewesen war. Spontan hatte ich sie deshalb zum Nachtessen in die AUBERGE DES TILLEULS in Grambois eingeladen – allerdings unter der Bedingung, dass sie mit ihrem Auto käme, weil meines im Moment beim örtlichen Garagier im Service sei. Ihre Erleichterung war förmlich spürbar gewesen und in ihrer Zusage glaubte ich sogar etwas Freude festzustellen.

Céline Dubois, die das Haus zusammen mit ihrem Mann Fabrice führt, hatte uns persönlich empfangen und einen Zweiertisch im hinteren Restaurantteil zugewiesen, wo den Hotelgästen jeweils das Morgenessen serviert wird. Hier waren wir allein und konnten uns ungestört unterhalten. Den süffisanten Blicken der andern Gäste hatten wir unschwer angemerkt, was für schmutzige Fantasien sie beim Anblick des biederen Rentners in Begleitung der bildhübschen jungen Provenzalin hatten.

Zum Aperitif bestellte ich eine Flasche Chardonnay. Der von der «Cave coopérative vinicole de Grambois» produzierte Weisswein weist dank der kalkhaltigen Böden ein intensives Bananenaroma auf, zeichnet sich durch einen runden langen Abgang aus und passte bestens zur ersten Vorspeise des Fünf-Gang-Menüs. Aurore war fasziniert vom «Médaillon de homard sur crème de choux-fleur parfumé au combava».

Zwischen den beiden Vorspeisen schilderte sie mir die erste Begegnung mit der damaligen Deutschprofessorin Brigitte Heinzelmann am Lycée in Pertuis. Das sei ein wirklicher «Coup de foudre» – Liebe auf den ersten Blick – gewesen.

Anfänglich habe Brigitte noch versucht, sich ihr gegenüber eher wie eine ältere Schwester zu verhalten, aber während der ersten gemeinsamen Ferien im tropischen Klima der Karibikinsel Martinique seien dann alle Barrieren gefallen.

Mit dem Servieren des «Foie gras de canard poêlé en croûte de pain d'épices posé sur une marmelade de figues» wurde Aurore in ihrem Redeschwall kurz unterbrochen. Wir waren uns einig, noch selten eine derart zarte Entenleber genossen zu haben und dass die hausgemachte Feigenkonfitüre fast allein Grund dafür sein könnte, sich hier einmal ein Morgenessen zu leisten.

Trotz des köstlichen «Foie gras» stieg in Aurore Wut auf, als sie erzählte, wie sie unter dem Mobbing der Mitschülerinnen und Mitschüler gelitten habe, nachdem der Rektor Brigitte angezeigt und die Gendarmerie unangenehme Befragungen über die intimsten Details ihrer Liebesbeziehung vorgenommen habe.

Zum Hauptgang hatten wir uns für «Mignon et cœur de ris de veau rôti sur mousseline de céleris» entschieden.

Dazu hatte ich eine Flasche «Rouge Exception» aus dem Biobetrieb der Familie Parmentier im nahe gelegenen Schloss Dorgonne öffnen lassen. Der lila-rote Syrahwein konnte nun sein reichhaltiges Geschmackprofil mit einem Hauch von Gewürzen, Zimt und Kaffee voll entwickeln und erfreute mit seinem stark anhaltenden Abgang.
Aurore liess sich von meinen Schwelgereien über Essen und Wein nicht davon abbringen, weiterzureden. Brigitte habe darauf bestanden, dass sie in Aix-en-Provence studiere. Sie habe ihr das Studium finanziert und versprochen, die Finanzierung testamentarisch auch für den Fall zu sichern, dass ihr etwas zustossen würde.

Nach dem Hauptgang wurden wir vom Servicepersonal besonders intensiv betreut. Die drei Damen wechselten sich ständig ab: Das Geschirr wurde abgeräumt, der Brotkorb aufgefüllt, die Käseplatte gebracht, Wein nachgeschenkt, wieder abgeräumt, die Dessertkarte präsentiert und schliesslich das Dessert serviert. Bei diesem Kommen und Gehen war ein vertrauliches Gespräch kaum möglich.

Aurore hatte sich für «Chocolat et son tube passion avec glace yaourt mangue» entschieden, während ich den «Cylindre croquant aux noix caramélisées avec glace pain d'épices» vorzog.

Ich nutzte die Gesprächspause, um mir zu überlegen, was Aurore wirklich von mir wollte. Die Geschichte über ihre Beziehung zu meiner zeitweiligen Freundin Brigitte Heinzelmann war mir längst bekannt und ich war mir auch durchaus bewusst, dass Aurore mich seinerzeit als Konkurrent und als jenen betrachten musste, der ihr Liebesglück zerstört hatte. Aber nun war Brigitte tot, mir hatte sie das Haus in Cucuron und Aurore die stattliche Summe von 100 000 Euro vererbt.

Als ob Aurore meine Gedanken hätte lesen können, kam sie auf das Problem zu sprechen, das sie beschäftigte. Ja, die 100 000 Euro seien kürzlich auf ihrem Konto beim Crédit Agricole gutgeschrieben worden und Pierre Martin, ein flüchtiger Bekannter, der bei der CA-Filiale in Pertuis arbeite, habe bereits angerufen, um sie bei der Anlage dieses Geldes zu beraten.

Brigitte habe ihr das Geld vermacht, um ihr Studium zu finanzieren. Sie habe nun aber das Studium abgebrochen und arbeite vollzeitlich als Taxichauffeuse. Das sei garantiert nicht im Sinn ihrer ehemaligen Geliebten und Förderin und sie frage sich nun ernsthaft, ob sie das Geld zurückgeben müsse. Falls ich aber der Meinung wäre, sie dürfe die Erbschaft annehmen, würde sie gerne mich mit deren Verwaltung und Anlage betrauen.

«Für mich ist klar, dass dir das Geld rechtmässig gehört», beruhigte ich Aurore. Ich hätte jedoch in Geldfragen keine Erfahrung und müsse ihre Anfrage zurückweisen, wie sehr mich ihr Vertrauen ehre und freue.

In der Zwischenzeit war die zweite Weinflasche leer geworden. Als Aurore von der Toilette zurückkehrte, schwankte sie leicht. Sie gab zwar unumwunden zu, den

Alkohol zu spüren, aber nach Hause fahren könne sie deshalb ohne Bedenken, sie sei schliesslich Profi.

«Gerade weil du beruflich auf deinen Fahrausweis angewiesen bist, darfst du dessen Entzug nicht riskieren. Ich bestelle uns ein Taxi. Du kannst dann bei mir im Wohnzimmer auf dem Sofa schlafen.»

«Was ist los?», fragte ich, als mich Aurore sanft geweckt hatte. «Ich kann nicht schlafen, wenn du derart laut schnarchst, dass ich es drüben auf dem Sofa höre!», klagte sie, und bevor ich realisiert hatte, was vorging, schlüpfte sie unter meine Decke. Auch sie war nackt und schmiegte sich wie eine schmeichelnde Katze an mich. Ohne meine Reaktion abzuwarten, begann sie mich zu streicheln und zu liebkosen. Ich war derart überrumpelt, dass ich weder richtig denken noch mich zur Wehr setzen konnte – oder wollte. Ich hielt sie auch nicht zurück, als sie die Bettdecke zurück warf. Ich lag völlig passiv da und liess mich verwöhnen.

Wir lagen immer noch nackt in meinem Bett, als wir das Zuschlagen der Autotüren wahrnahmen. Ich sprang auf und sah aus dem Schlafzimmerfenster gerade noch, wie ein weisser, hinten geschlossener Kastenwagen ohne Licht über die Zufahrt davonfuhr. Das Nummernschild konnte ich nicht erkennen und ich war mir nicht einmal über die Automarke sicher. Citroën Berlingo, Renault Tangoo und Peugeot Partner sind aus Distanz und besonders in der Dunkelheit kaum zu unterscheiden.

Waren die Eindringlinge wirklich alle weg?

2
(Mai 2016)

Nach bangen Minuten des wortlosen Wartens schlüpfte ich in den Morgenrock und riskierte einen Blick ins Wohnzimmer. Niemand. Ohne das Licht einzuschalten, schaute ich in der Küche und im Bad nach, ging in den Keller und wagte mich dann vor die Haustüre. Von dem oder den Einbrechern war nichts mehr zu sehen. Weil kein Auto vor dem Haus gestanden war, hatte die Täterschaft wohl angenommen, das Haus sei leer, und wahrscheinlich hatten sie uns nicht einmal bemerkt.

Als ich ins Haus zurückkam, war Aurore dabei, sich anzuziehen. Auf meinem Bürotisch fehlte mein Laptop und auch der mit «A» angeschriebene Ordner fehlte, in welchem ich die Ergebnisse meiner bisherigen Recherchen über Anna Seiler, die Begründerin des Inselspitals, aufbewahrt hatte. Erleichtert stellte ich fest, dass der USB-Stick mit den Sicherungskopien noch zuhinterst in der obersten Schublade lag.

Auch Brigittes Abschiedsbrief war noch da, in welchem sie ihren bevorstehenden Selbstmord angekündigt und begründet hatte. Von diesem Brief hatte ich keinem Menschen erzählt, weder der Kommissarin noch Aurore. Sie konnten nicht ahnen, dass Brigittes Tod nicht ein Selbstunfall gewesen war, wie die offizielle Version der

Polizei gelautet hatte. «Tote verdienen Ruhe», hatte ich mir geschworen.

«Qu'est-ce que les cambrioleurs ont volé?», fragte Aurore verängstigt in die Stille und riss mich aus meinen Gedanken. «Nur meinen Laptop», log ich und gab mich so ruhig wie möglich.

Als ich für sie ein Taxi bestellen wollte, war die Leitung des Festanschlusses tot. Die Typen hatten ganze Arbeit geleistet. Ich kramte mein Handy aus dem Kleiderhaufen. «Aha, Monsieur ist nun auch mobil erreichbar!», spottete Aurore und luchste mir die Nummer ab, obwohl ich mir vorgenommen hatte, diese nicht weiterzugeben.

«Hatten es die Einbrecher tatsächlich auf meine harmlosen Unterlagen über Anna Seiler abgesehen?», sinnierte ich, konnte mir zwar keinen Reim daraus machen, wollte aber Aurore nicht in diese Sache hineinziehen.

«Oder steckte Aurore gar selbst hinter diesem Einbruch und hatte mich in eine Falle gelockt? Hatte wohl jemand gemeint, ‹A› auf dem Ordnerrücken stehe für Aurore?», überlegte ich mir eine Sekunde lang, um den Gedanken aber gleich wieder zu verdrängen und Aurore mit zwei Wangenküsschen zu verabschieden. Mir schien, sie wolle möglichst rasch verschwinden, ohne über die vergangene Nacht reden zu müssen. Wahrscheinlich war ihr die Angelegenheit ebenso peinlich wie mir.

Bei einem starken Kaffee überlegte ich mir, von welchen Dokumenten im gestohlenen Ordner keine Kopien auf dem Sicherungsstick waren. Nebst meinen Handnotizen von meinen Besuchen beim Staatsarchiv des Kantons Bern und im Archiv des Inselspitals fehlte vor allem die Kopie des Testamentes vom 29. November 1354, in welchem Anna Seiler verfügt hatte, dass ihr gesamtes Vermögen zur Gründung eines Spitals einzusetzen sei.

Die Testamentkopie hatte mir Christa Spüler, die Leiterin der Sammlung der Inselspital-Stiftung, verbotenerweise gemacht. Dabei musste ich ihr das Versprechen abgeben, die Kopie weder weiterzugeben noch zu veröffentlichen. Ich war mir damals beim Verlassen des Inselspitals fast wie ein Verbrecher vorgekommen und hatte mir sogar eingebildet, beobachtet zu werden.

Oder war ich damals tatsächlich bespitzelt worden? Konnte es sein, dass diese wertlose Fotokopie das Ziel des Einbruches gewesen war? Dann müssten ja die Einbrecher meinen Namen und meine Adresse in Cucuron herausgefunden haben! Die Geschichte wurde mir langsam aber sicher ungeheuerlich.

Sollte ich die Polizei beiziehen? Aber welche Polizei?

Geneviève Faure, die ausserordentliche Kommissarin im Todesfall von Brigitte, hatte einmal versucht, mir die komplizierte Organisation der französischen Polizei zu erklären.

Die während der Französischen Revolution entstandene «Gendarmerie nationale» ist für die ländlichen Gebiete und die Kleinstädte zuständig. Sie umfasst heute rund 100 000 Soldaten und gliedert sich in über 3000 regionale Brigaden sowie verschiedene Spezialeinheiten, wie die Eingreiftruppe «Groupe d'intervention de la gendarmerie nationale GIGN», die Ehrenwache «Garde républicaine» und die für Bergrettungen zuständigen «Pelotons de gendarmerie de haute montagne».

Neben der Gendarmerie besteht auf nationaler Ebene die «Police Nationale», die in den 60er-Jahren aus der «Sûreté Nationale» hervorgegangen war, gegen 150 000 Mitarbeitende beschäftigt und für die Städte ab zirka 15 000 Einwohnerinnen und Einwohner zuständig ist. Die Nationalpolizei ist ihrerseits aufgeteilt in die «Police administrative» und die Kriminalpolizei «Police judiciaire». Für verschiedene Spezialaufgaben bestehen besondere Einheiten, die bekanntesten sind wohl diejenigen der Bereitschaftspolizei, die «Compagnies républicaines de sécurité CRS».

Die nationalen Institutionen werden auf kommunaler Ebene von der Gemeindepolizei, der «Police municipale», unterstützt, in ländlichen Gebieten oft durch die sogenannten «Gardes champêtres» der «Police rurale» sowie durch «Agents de surveillance de la voie publique ASVP».

Wenn ich die Zuständigkeiten der verschiedenen Organe richtig verstanden habe, wäre jetzt die Gendarmerie zu kontaktieren gewesen, die in der Nachbargemeinde

Cadenet einen Stützpunkt hat. Im Internet suchte ich mir die Adresse der «Brigade territoriale autonome de gendarmerie de Cadenet» heraus und speicherte die Telefonnummer 04 90 68 00 17 in meinem Handy.

Ich entschied jedoch, vorläufig die Polizei aus dem Spiel zu lassen.

3
(Mai 2016)

Am Nachmittag holte ich meinen silbergrauen Citroën C3 in der Garage ab, die etwas ausserhalb des Dorfes liegt. Die zehnjährige Occasion hatte ich zwei Jahre zuvor in Les Taillades bei einem der grössten Autohändler der Region günstig erstanden.

Für die Unterhaltsarbeiten jedoch brachte ich mein Auto jeweils zu Sébastien Navarro, einem anerkannten Garagier. Der aus Spanien eingewanderte offizielle Renault-Vertreter ist ein Allrounder und war mir von verschiedener Seite empfohlen worden.

Als ich die Woche zuvor bei ihm vorgefahren war und ihm berichtet hatte, bei der auch in Frankreich seit einiger Zeit vorgeschriebenen Zweijahreskontrolle sei ich im privaten Prüfungszentrum in Pertuis wegen zu hoher CO_2-Werte zurückgewiesen worden, grinste er verschmitzt und fragte mich, ob ich etwa fälschlicherweise E10-Benzin getankt hätte.

«Ja», hatte ich ohne Umschweife bestätigt. «Was soll daran falsch sein? Auf einem Hinweis an der Tanksäule hiess es, mit E10-Benzin könnten sowohl die Umwelt als auch das Portemonnaie geschont werden.»
«Ob der Treibstoff mit dem auf zehn Prozent erhöhten Ethanolgehalt tatsächlich ökologisch sinnvoll ist, bleibt

unter Fachleuten vorderhand umstritten. Tatsache ist jedoch, dass die Motoren älterer Modelle damit geschädigt werden können. Jede Woche kommt ein Kunde mit diesem Problem zu mir und das kann ins Geld gehen.»

Ich hatte mich über dieses Missgeschick masslos geärgert, für das ich ein hohes Lehrgeld bezahlen musste, weil sowohl der Katalysator als auch die Lambdasonden ausgewechselt werden mussten. Trotzdem war ich erleichtert, nachdem mir bei der Nachkontrolle versichert worden war, die Abgaswerte meines alten C3 entsprächen nun jenen eines Neuwagens.

Pünktlich um sieben Uhr stand ich mit Teller, Besteck und Glas auf dem Dorfplatz, wo gemäss Affichen das traditionelle «Banquet républicain» der «Anciens Combattants» angesagt war: Apéro, Entrée, «Soupe au Pistou», Dessert und «Vin à discrétion» für zwölf Euro.

Ausser mir waren erst ein halbes Dutzend Leute da und die Organisatoren begannen gerade damit, Tische und Stühle aufzustellen.

Die «Anciens Combattants» haben in Frankreich eine besondere Stellung und sind landesweit gut organisiert. Praktisch in jeder Gemeinde besteht ein Verein, dem Teilnehmer des Zweiten Weltkrieges, des Indochina- und des Algerien-Krieges angehören.

Gegründet worden waren diese Vereine von den «Poilus», den Rückkehrern aus dem «Grande Guerre», wie der Erste Weltkrieg in Frankreich bezeichnet wird. In einem Zeitungsbericht hatte ich gelesen, der letzte lebende «Poilu» sei Ende 2008 fast 110-jährig gestorben.

Zu den «Anciens Combattants» zählen heute nicht nur die seinerzeitigen Angehörigen der französischen Armee, sondern auch jene, die während des Zweiten Weltkrieges in der Résistance aktiv gewesen sind, und die so genannten Harkis.

Harkis heissen die Algerier, die während des sieben Jahre dauernden Algerien-Krieges auf der Seite der Franzosen gegen ihre von der Nationalen Befreiungsfront – dem «Front de Libération National FLN» – angeführten Landsleute gekämpft hatten.

Nach dem 1962 in Evian am Genfersee vereinbarten Waffenstillstand sind die Harkis von der französischen Armee schnöde ihrem Schicksal überlassen worden. Tausende wurden von ihren Landsleuten als Verräter niedergemetzelt. Diejenigen, die nach Frankreich flüchten konnten, wurden hier alles andere als mit offenen Armen empfangen. Die französische Staatsbürgerschaft war für sie lange Zeit das einzige Zeichen des Dankes geblieben.

Erst vierzig Jahre nach Kriegsende wurde die Leistung der Harkis durch Jacques Chirac gewürdigt. Der Präsident der Republik entschuldigte sich in aller Form für das miese Verhalten Frankreichs und erklärte den 25. September zum jährlichen Harkis-Gedenktag.

Seither finden in Cucuron und vielen andern Orten alljährlich am 25. September schlichte Feiern statt. Ähnliche Anlässe organisieren die «Anciens Combattants» am 11. November, dem Jahrestag des 1918 in einem Eisenbahnwagen im Wald von Compiègne zwischen Frankreich und Deutschland geschlossenen Waffenstillstandes, und am 8. Mai zum Ende des Zweiten Weltkrieges.

Mit dreissigminütiger Verspätung wurde das Apéro-Buffet eröffnet und nach einer weiteren halben Stunde fuhr der Kastenwagen mit den Kochkisten vor.

Das Warten hatte sich gelohnt: Die «Soupe au Pistou» mundete derart hervorragend, dass ich ein zweites Mal in der langen Reihe anstand.

Madame Pellegrin, unter deren Regie jeweils die Rüst- und Kochequipe steht, freute sich sichtlich über mein Kompliment und verriet mir freimütig ihr Rezept:

Die am Vorabend in kaltes Wasser eingelegten weissen Bohnen werden nachmittags um fünf Uhr in eine grosse Pfanne mit frischem Wasser und Lorbeerblättern gegeben und zugedeckt bei schwacher Hitze in 45 bis 60 Minuten gegart. Während der Garzeit der Bohnen werden die Tomaten kurz überbrüht, gehäutet und in kleine Stücke geschnitten.

Für die Pistou-Paste werden Basilikum und Knoblauch zusammen mit einem Drittel der Tomaten und mit Olivenöl püriert.

Die grünen Bohnen, der Stangensellerie, der Lauch sowie die geschälten Karotten und Kartoffeln werden in Stücke geschnitten.

Das Gemüse wird zusammen etwa 15 Minuten aufgekocht. Am Schluss werden noch die separat gekochten Nudeln beigegeben.

Beim Apéro hatte ich mich mit Fatima Lakehal unterhalten, die das Ende des Algerien-Krieges als kleines Kind erlebt hatte und während einer Wahlperiode Mitglied des Gemeinderates gewesen war.

Sie erzählte mir, wie sie im November 1962 mit ihren Eltern im Flüchtlingslager Saint-Laurent-des-Arbres in der Nähe von Avignon gestrandet sei. Dort seien sie mehr als ein Jahr unter prekären Verhältnissen in Zelten untergebracht gewesen.

Ende 1963 hatte es ihre Familie nach Cucuron verschlagen, das 25 Harkis-Familien aufgenommen und für diese Baracken aufgestellt hatte.

Nach 17 Jahren Barackenleben konnten sie in einfache Häuser umziehen, welche vom Departement auf einem Grundstück der Gemeinde erstellt worden waren und nach weiteren 15 Jahren von den mehr oder weniger integrierten Harkis-Familien erworben werden konnten.

4
(1315)

Anna war glücklich und aufgeregt. Ihr Vater hatte zum ersten Mal seit dem frühen Tod ihrer Mutter wieder zu einem Fest eingeladen. Ausgerechnet heute, zu ihrem 15. Geburtstag.

Nachdem seine Frau bei der Totgeburt seines lange ersehnten Sohnes an Kindbettfieber gestorben war, hatte sich der einem alten Burgergeschlecht angehörende Peter ab Berg nur noch seinen Geschäften als Tuch-, Leder- und Viehhändler und der Politik gewidmet. Am Osterdienstag 1304 war er vom Grossen Rat, dem er seit dessen Schaffung im Jahre 1294 angehört hatte, in den 25-köpfigen Kleinen Rat gewählt worden und war fortan nicht nur einer der reichsten, sondern auch einer der einflussreichsten Männer im Stadtstaat Bern.

Er vergötterte seine Tochter Anna und tat alles Erdenkliche, um sie auf ein standesgemässes Leben vorzubereiten. Stolz war er, dass sie nicht nur hübsch, sondern auch intelligent war und die Lateinschule ohne Schwierigkeiten geschafft hatte.

Wenn Peter ab Berg rief, kamen alle. So waren nebst dem jungen Schultheiss Lorenz Münzer mehrere Mitglieder des Kleinen Rates und des Grossen Rates da, meist begleitet von ihren Gemahlinnen und den Töchtern und Söhnen im heiratsfähigen Alter. Auch die Geistlichkeit und die diplomatischen Gesandten waren gekommen und gaben dem Anlass einen besonderen Glanz.

Tante Elisabeth, die ledig gebliebene Schwester Annas Mutter, hatte ihre Schutzbefohlene gebührend auf den Abend vorbereitet. Sie hatte bei Schneidermeister Killing ein Kleid aus den besten und teuersten Stoffvorräten des Hauses nähen lassen. So stand die Tochter des Gastgebers nun da in einem prunkvollen Obergewand mit bunten Stoffen. An den Schultern gab es Schlitze mit farbigen Bändern und silbernen Knöpfen. Das gewagte Dekolletee betonte den kleinen Busen und die Schnabelschuhe entsprachen der neusten Mode.

Dazu trug Anna erstmals das von ihrer Mutter vererbte Schapel. Der fein ziselierte, mit funkelnden Steinen bestückte kupferne Stirnreif kontrastierte gediegen zu ihrem blonden Haar, das in Zöpfen um ihr offenes Gesicht gewunden war.

Die Küchenbrigade war schon den ganzen Tag im Einsatz gewesen. Unter der Leitung eines Koches, den Peter ab Berg aus Freiburg im Breisgau eingeladen hatte, wurde schon seit frühmorgens eine Ziege am Spiess gedreht. Vom Kloster Interlaken war eine Ladung Salm gebracht worden, ein Jäger hatte Rebhühner und Fasane geliefert. Dazu standen je ein Fass Bier und Wein sowie ein Korb Brot bereit. Nebst Fisch, Fleisch und verschiedenen Gemüsen wurden in der Küche mehrere Süssspeisen zubereitet. Als besondere Spezialität hatte der freiburgische Koch ein Schmalzgebäck vorbereitet, das er «Nonnenfürzchen» nannte.

Nach der umständlichen Begrüssungszeremonie, bei welcher dem Hausherrn überschwänglich für die Einladung gedankt, dem Geburtstagskind pathetisch gratuliert und vor allem die andern Gäste kritisch, neugierig, argwöhnisch, manchmal gar feindselig beobachtet wurden, ging es zu Tisch.

In den Essenspausen traten Sängerinnen und Sänger, Gauklerinnen und Gaukler sowie Musikerinnen und Musiker mit verschiedenen Instrumenten auf, darunter Laute, Leier und Schalmei. Schliesslich wurde auch noch die neuste Erfindung hereingefahren: ein Instrument mit Tasten, das «Clavichord» genannt wurde und erstmals in Bern zu bestaunen war.

Anna hatte von Anfang an bemerkt, wie die heiratsfähigen Burschen, aber auch deren Mütter, Väter und Schwestern sie musterten, beäugten und taxierten. Obwohl sie verunsichert und irritiert war, liess sie sich nichts anmerken und gab sich uninteressiert, wie Tante Elisabeth ihr geraten hatte.

5
(Mai 2016)

Am Sonntag schlenderte ich über den in Cucuron alljährlich unter dem Titel «Vide bibliothèque» durchgeführten Flohmarkt für gebrauchte Bücher.

Ich suchte nichts Spezielles und stocherte ziellos in den zahlreichen Ablagen herum. An einem Stand kaufte ich mir für ein paar Euro das noch fast neue Buch «La Truffe – saveur et tradition». Die französischsprachige Publikation über Geschichte, Mythen und Märkte der Trüffel interessierte mich wegen der vielfältigen Trüffelrezepte.

Beim Weitergehen stiess ich auf den 1900 vom «Touring Club de France» herausgegebenen Reiseführer «Sites et Monuments de la Provence». Ich war gespannt, wie die Sehenswürdigkeiten der Provence vor über hundert Jahren beschrieben worden waren, als es noch keinen Massentourismus gab.

Beim Bezahlen des Folianten machte mich der junge Verkäufer auf ein Buch mit dem Titel «Unzucht bei Adel und Geistlichkeit vom Mittelalter bis zum Zeitalter der Aufklärung» aufmerksam. Ich wusste nicht, ob er den Titel verstanden hatte oder ob er mir das Werk wegen der deutschen Sprache zeigte. Jedenfalls schenkte er mir den antiquarischen Wälzer spontan.

Zuhause blätterte ich ziellos durch die eng beschriebenen Seiten des 1815 in Wien gedruckten Buches, überflog die Titel der einzelnen Kapitel und betrachtete belustigt die ab und zu eingestreuten erotischen Zeichnungen. Der anonyme Autor oder möglicherweise mehrere Autoren hatten im ersten Teil die Sittengeschichte sowie die Entwicklung von Sittlichkeits- und Schamgefühl vom 13. bis 18. Jahrhundert beschrieben und im zweiten Teil schlüpferige Geschichten aus ganz Europa zusammengetragen.

Überrascht war ich, einen Hinweis auf das Kloster Interlaken zu finden. Historisch korrekt wurde berichtet, die Augustiner-Chorherren-Propstei in Interlaken sei Mitte 12. Jahrhundert von Otto Seliger von Oberhofen gegründet worden. Hundert Jahre später sei neben dem Männerkloster auch noch ein Frauenkonvent entstanden. Unzüchtige Beziehungen zwischen Mönchen und Nonnen hätten dann ab Mitte 15. Jahrhundert zu massiven Klagen geführt. Das Kloster sei als Lasterschule bezeichnet worden, was 1484 laut päpstlicher Bulle wegen «Unordnung und Sittenlosigkeit» zur Aufhebung des Frauenklosters geführt habe.

Ein längeres Kapitel war der im 17. Jahrhundert gelebten Marie Anne de Bourbon, der unehelichen Tochter Ludwigs XIV. und seiner Mätresse Louise de La Vallière, gewidmet. Mit 13 Jahren heiratete Marie Anne den 19-jährigen Louis Armand I. de Bourbon, Prince de Conti. Angeblich erklärte die frischgebackene Fürstin nach der Hochzeitsnacht ihrem Mann, sie sei von ihm enttäuscht und schenkte in der Folge ihre Gunst seinem jüngeren Bruder François Louis de Bourbon. Mit zwanzig war die bildhübsche Frau bereits Witwe. Statt erneut zu heiraten, soll sie bis zu ihrem Tod im Alter von 72 Jahren zahlreiche Affären mit jungen Offizieren gehabt haben.

Untreue schien in Königshäusern schon immer ein Thema gewesen zu sein, aber früher wusste nur ein kleiner Kreis von den Fehltritten. «Das ist heute anders», dachte ich. Die Medien, insbesondere die Regenbogenpresse, verbreiten heute alle Einzelheiten über die Blaublüter. Deshalb wurden etwa die Eskapaden von Prinzessin Diana publik und weder Prinz Albert von Monaco noch König Juan Carlos von Spanien konnten ihre unehelichen Kinder geheim halten.

Auch das Liebesleben der russischen Zarin Katharina war nachgezeichnet. Nach der achtjährigen Ehe mit dem wahrscheinlich impotenten russischen Thronfolger Peter hatte sie mit ihrem ersten Liebhaber ein Kind. Darauf pflegte sie vorerst gleichzeitig zu Grigori Orlow und Grigori Potjomkin sexuelle Kontakte. Später sei durchschnittlich alle zwei Jahre ein neuer Liebhaber aufgetaucht. Die von Katharina Ausgewählten mussten sich vor dem ersten Stelldichein vom Leibarzt auf eventuell ansteckende Krankheiten untersuchen lassen. Danach nahm Potjomkin die Kandidaten unter die Lupe, um deren Intelligenz, Benehmen und Charakter zu prüfen. Schliesslich wurde angeblich jeder Liebhaber von der Gräfin Praskowja Bruce hinsichtlich ihrer sexuellen Tüchtigkeit zweimal getestet, weshalb diese «Eprouveuse» (Erproberin) genannt wurde.

Nicht alle Geschichten waren derart detailliert beschrieben. Teilweise waren die Berichte anonymisiert. Ich fragte mich, ob dies geschehen war, um bisher unbescholtene Personen zu schützen, oder ob es sich um frei erfundene erotische Aufsätze ohne konkrete Hintergründe handelte.

Beim weiteren Durchblättern stiess ich auf den Titel «Die Geheimnisse der reichen Bernburgerin». Interessiert begann ich zu lesen. Ohne Namen zu nennen, wurde in einem recht nüchternen Stil die Tochter eines einflussreichen Burgers, deren Liebesleben und Biographie geschildert. Der Autor behauptete dabei, dem unzüchtigen Lebenswandel der im Mittelalter wohlangesehenen Frau sei ein Bastard entsprungen, dessen Geburt aber geheim geblieben sei. Nichts wurde darüber ausgesagt, ob das Kind bei oder kurz nach der Geburt gestorben sei, wie das im Mittelalter oft passierte, oder ob das Kind überlebt hatte.

Da ich mich seit einiger Zeit mit dem Leben von Anna Seiler befasste, sah ich sofort eine gewisse Übereinstimmung, nahm aber an, es handle sich um einen reinen Zufall.

«Und wenn es sich bei der reichen Bernburgerin doch um die Gründerin des Inselspitals gehandelt hätte?», begann ich zu grübeln.

6
(1315)

Der mit Honig gesüsste Wein und das Bier hatten den versammelten Ratsherren die Zungen gelöst, so dass sie lauter und mehr diskutierten als üblich.

Heftig gestritten wurde über Heinrich VII., der nach seinem Italien-Feldzug 1312 in Rom zum römisch-deutschen Kaiser gekrönt worden war. Eine deutliche Mehrheit zeigte sich nicht unglücklich darüber, dass Heinrich nur 14 Monate nach der Kaiserkrönung an Malaria gestorben war. Die meisten glaubten, der kaiserliche Machtanspruch hätte für Bern problematisch werden können. Der Machtbesessene habe ja erklärt, wer seinen Anweisungen nicht widerspruchslos Folge leiste, versündige sich gegen die gottgewollte weltliche Ordnung. Neapel und Florenz seien jedenfalls hart bestraft worden, weil sie sich dem kaiserlichen Diktat widersetzt hatten.

Der aufmüpfige Rudolf von Seedorf jedoch nahm den Kaiser in Schutz. Zwar seien dessen Eingriffe in lokale Angelegenheiten zu verurteilen, aber im Grunde habe Heinrich einen guten Charakter aufgewiesen und sei ein gerechter Herrscher gewesen. Immerhin habe er Reichsitalien mit dem als Meisterleistung zu betrachtenden Italien-Feldzug befriedet. Übrigens habe ein italienischer Handelsmann von Gerüchten berichtet, wonach der erst 34-jährige Kaiser nicht an Malaria gestorben, sondern im Auftrag seiner Gegner vergiftet worden sei.

Schultheiss Münzer meinte, es sei nicht entscheidend, wie der Kaiser gestorben sei, und es sei müssig, sich darüber zu streiten, was gewesen wäre, wenn er länger gelebt hätte. Viel wichtiger sei nun, die aktuelle Situation zu analysieren und daraus die richtigen Schlüsse zu ziehen. Das Heilige Römische Reich befinde sich nach dem Streit um die Krone und der Wahl zweier rivalisierender Könige in einer Krisensituation. Der Tod von Papst Clemens V. und die Tatsache, dass sich das Konklave bisher auf keinen Nachfolger habe einigen können, erhöhe die grosse Unsicherheit, weil nicht klar sei, welcher der zwei gewählten Könige vom neuen Pontifex unterstützt werde.

Johannes von Bubenberg ging davon aus, dass der Bayer Ludwig die Oberhand gewinne, nachdem die Urschweizer den Habsburgern bei Morgarten eine empfindliche Niederlage bereitet hätten. In diesem Falle wäre damit zu rechnen, dass Savoyen und damit die Waadt und wohl auch Neuenburg auf der Seite des römisch-deutschen Königs stehen würden. Wenn jedoch der Habsburger Friedrich den Königsstreit gewinnen würde, müsste Bern von Savoyen Schwierigkeiten erwarten.

Obwohl sich Anna sonst sehr für die politischen Diskussionen interessierte, hörte sie heute den Gesprächen nur mit einem Ohr zu. Daneben war sie in ein Gespräch mit Johann von Châlon, dem Sohn des Compte von Auxerre, vertieft.

Schon bei der Begrüssungszeremonie war ihr Johann aufgefallen. Er schien etwa gleich alt zu sein wie sie, wirkte jedoch älter und reifer. Im Unterschied zu den meist kräftig gebauten Söhnen der Bernburger war Johann gertenschlank, sein fein geschnittenes Gesicht wurde von hellblonden Locken eingefasst und seine graublauen Augen leuchteten wie Edelsteine.

Bei der Vorstellung hatte er sich leicht verbeugt und ihre Hand an seine Lippen geführt. Sein Blick und der unerwartete Handkuss hatten sie verwirrt und erzittern lassen. Als er sich dann nach dem Essen wie zufällig neben sie gesetzt hatte, fühlte sie sich geschmeichelt und war froh, in der Lateinschule die französische Sprache gelernt zu haben. Er behauptete, Bern sei die schönste Stadt, die er bisher besucht habe, und machte ihr überschwängliche Komplimente für ihr Kleid. Sie unterhielten sich über die gebotenen Darbietungen und er erzählte ihr von den im Welschen häufig auftretenden Bänkelsängern.

Als die diskutierenden Politiker auf Savoyen und Neuenburg zu reden kamen, schien sich Johann jedoch plötzlich nicht mehr auf die Konversation mit Anna konzentrieren zu können. Er versuchte die verschiedenen Voten aufzunehmen, obwohl er offensichtlich die deutsche Sprache kaum verstand.

Noch bevor sie ihr Gespräch wieder aufnehmen konnten, war Tante Elisabeth erschienen und hatte ihr bedeutet, es sei Zeit, sich zu verabschieden.

7
(Juni 2016)

«Was, du lebst noch?», hatte mich meine Tochter Suzanne bei meinem Anruf vorwurfsvoll begrüsst. «Seit Monaten hast du nichts von dir hören lassen und ich habe mir deswegen ernsthaft Sorgen gemacht.»

Mein Hinweis, die Zeit sei eben wie im Fluge vergangen und ich sei mit Haus und Garten bis über beide Ohren beschäftigt gewesen, hatte sie kommentarlos entgegen genommen.

Von meiner Frage, ob ich eventuell ein paar Tage bei ihr in Ostermundigen wohnen könnte, war sie regelrecht überrumpelt gewesen. Erst nach einer für meinen Geschmack etwas zu langen Bedenkpause hatte sie geantwortet: «Ja! Natürlich! Wann kommst du?»

Treu dem Abschiedsritual, dem ich seit einiger Zeit jeweils folgte, bevor ich die Provence vorübergehend mit dem Zweiuhr-TGV Richtung Genf verliess, hatte ich mich zum Mittagessen vor der Brasserie MAISON NANI an der Rue Théodore Aubanel in Avignon an einen runden Tisch an die Sonne gesetzt. Das junge Personal dieses 1987 eröffneten Restaurants bedient zwar mit einer gewissen Nonchalance, aber stets freundlich und aufmerksam. Nach dem obligaten Pastis genoss ich das 180-grämmig «Tartare classique», eine aus Fleisch von Limousin-Rindern hergestellte Hausspezialität. Der im Offenausschank angebotene «Côte du Rhône» war für diese Gelegenheit genau das Richtige und passte auch zum abschliessenden «Chèvre mariné aux herbes de Provence».

Nachdem ich fast die ganze, knapp drei Stunden dauernde Fahrt von Avignon nach Genf geschlafen hatte, setzte ich mich im Intercity nach Bern in den Speisewagen, um bei einem spritzigen Féchy die bernischen Tageszeitungen zu lesen, die ich am Bahnhofkiosk gekauft hatte.

Suzanne, die darauf bestanden hatte, mich mit ihrem Auto am Hauptbahnhof in Bern abzuholen, gab sich Mühe, bei der Begrüssung herzlich zu wirken, konnte dabei aber die Distanziertheit nicht überspielen, die seit jeher zwischen uns bestand.

Nach Monikas tödlichem Bergunfall, der unserem jungen Familienglück jäh ein Ende bereitet hatte, war ich froh gewesen, dass mein Bruder Erwin und seine Frau Annemarie bereit gewesen waren, die Kleine zu sich nach Interlaken zu nehmen. Meiner Schwägerin hatten die Ärzte nach der schwierigen Geburt von Rolf von einer weiteren Schwangerschaft abgeraten und mit Suzanne war unverhofft ihr Wunsch nach einem zweiten Kind doch noch in Erfüllung gegangen.

Da ich in all den Jahren nicht mehr bereit gewesen war, eine dauernde Beziehung einzugehen und meiner Tochter zu einer Stiefmutter zu verhelfen, wuchs Suzanne zusammen mit ihrem Cousin Rolf auf, den sie als ihren Bruder betrachtete. Erst vor ihrem Schuleintritt hatten wir Suzanne über ihre Herkunft aufgeklärt. Bis zu diesem Zeitpunkt hatte sie mich für ihren Onkel gehalten und hatte danach Mühe, mich als ihren Vater zu akzeptieren.

Als Suzanne dann in Spiez das damals noch bestehende Seminar besuchte, fand sukzessive doch noch eine Annäherung zwischen uns statt. Wir trafen uns in unregelmässigen Abständen in Bern zum Essen und zu Konzertbesuchen. Wenn sie nach einem Konzert den letzten Zug ins Berner Oberland nicht mehr erreichen konnte, übernachtete sie ein paar Mal in meiner Wohnung in Bümpliz.

Dieses mehr freundschaftliche als familiäre Verhältnis pflegten wir auch weiter, nachdem sie in Ostermundigen ihre erste Stelle als Lehrerin an der Unterstufe angetreten hatte. Bereits während des Seminars war sie bei den Jungsozialisten und bei Greenpeace aktiv gewesen. Oft diskutierten wir über Gott und die Welt und mir gefielen dabei ihre unabhängige Meinung und die klare Argumentation. Ich war auch stolz auf sie, als sie in Ostermundigen als jüngstes Mitglied in den Grossen Gemeinderat gewählt worden war. Als sie mit Jürg zusammengezogen war, hatten wir uns seltener gesehen. Mit meinem Schwiegersohn hatte ich mich jedoch recht gut verstanden und wir waren sogar hin und wieder gemeinsam fischen gegangen.

Merklich abgekühlt hatte sich unsere Beziehung allerdings, nachdem die beiden mit Unverständnis reagiert hatten, als ich ihnen von meiner Bekanntschaft mit Brigitte berichtet und ihnen eröffnet hatte, dass ich zu ihr in die Provence ziehen würde. Ich verzichtete dann auch darauf, sie im Detail über Brigittes Tod und über meinen Entschluss zu informieren, das überraschend geerbte Haus zu übernehmen und für den Rest meines Lebens in der Provence zu bleiben.

«Wie wird das wohl gehen? Werden wir uns vertragen? Wird sie mich verstehen? Soll ich ihr von meinen Nachforschungen über das Leben von Anna Seiler erzählen?» Diese und viele weitere Fragen gingen mir auf dem Weg Richtung Ostermundigen durch den Kopf.

Während ich meinen Gedanken nachhing, sassen wir schweigend nebeneinander in ihrem Auto. Suzanne fuhr mit ihrem tomatenroten Renault Clio für meinen Begriff etwas gar sportlich an der Schützenmatte vorbei über die Lorrainebrücke, den Viktoriarain hinauf, dann auf der Viktoriastrasse Richtung Schönburg.

«Ich muss dir etwas sagen», eröffnete sie mir unverhofft vor dem Rotlicht an der Papiermühle-Kreuzung. «Jürg und ich sind kein Paar mehr!»

Beim Betreten ihrer Wohnung in Ostermundigen sog ich sofort den Duft der Sauce auf, die Suzanne zubereitet hatte, bevor sie zum Bahnhof Bern gefahren war, um mich abzuholen.

Vor Jahren hatte ich meiner Tochter mein Bolognese-Rezept verraten. Das Entscheidende sei dabei das sogenannte «Soffritto», hatte mir die Italienerin eingetrichtert, der ich meinerseits das Rezept entlockt hatte. Dabei werden Butter und ein wenig Olivenöl in einer gewöhnlichen Pfanne erhitzt. Darin werden ganz fein gehackte Zwiebeln, Rüebli und Stangensellerie auf möglichst niedriger Hitze während mindestens dreissig Minuten gegart, bis das Gemüse glasig wird. Wichtig ist, das Gemüse nicht zu braten, sondern eben nur zu garen. Parallel dazu werden in einer zweiten Pfanne pro Person etwa 100 bis 125 Gramm reines Rindshackfleisch angebraten. Sobald dieses anfängt zu karamellisieren, muss es mit ein wenig Wein abgelöscht werden, damit sich alles Angebratene vom Boden lösen lässt. Um dem Hackfleisch einen milden Geschmack zu verleihen, wird sodann pro 100 Gramm Fleisch ein halber Deziliter Milch beigegeben. Sobald das Ganze aufkocht, kommen Tomaten dazu. Am besten sind grob gehackte Tomaten aus dem Garten oder vom Markt. Wenn keine frischen Tomaten zur Verfügung stehen, sind Büchsentomaten den wässerigen Hors-Sol-Produkten vom Grossverteiler vorzuziehen. Sobald Fleisch und Tomaten wieder aufkochen, den «Soffritto», gehackter Knoblauch und eventuell zerstampfte Peperoncini beigeben. Das Ganze sollte dann möglichst lange köcheln. Die Italienerin hatte seinerzeit mit rollenden Augen steif und fest behauptet, eine richtige Bolognese brauche vier Stunden, müsse danach zum Abkühlen weggestellt und dann nochmals eine Stunde langsam aufgewärmt werden.

«Pasta ist gut gegen Liebeskummer!», prostete ich Suzanne unsensibel mit dem bei Coop gekauften billigen Chianti zu, der überraschend frisch und fruchtig war.

«Der miese Kerl ist feig davongelaufen!», brach darauf aus ihr heraus. «Als ich nach einem Weiterbildungswochenende heimkam, war er samt seiner Habseligkeiten verschwunden. Keine Abschiedsworte. Keine Begründung. Keine Adresse. Nur die gemeinsam angeschafften Möbel liess er zurück. Bei meinem Anruf in seinem Büro vernahm ich, er hätte die Stelle auf Ende des vorigen Monats gekündigt, und auf der Gemeindeverwaltung hatte er sich mit unbekanntem Ziel abgemeldet. Einfach spurlos verschwunden. Ohne Vorwarnung, aber offensichtlich langfristig geplant.»

Noch nie hatte ich meine Tochter derart wütend erlebt, wobei sich in dieser Wut auch zeigte, wie tief verletzt und beleidigt sie war.

Meine hilflosen Versuche, sie zu trösten oder wenigstens zu beruhigen, prallten an ihrer tiefen Erbitterung ab, bis ich begann, von Brigittes Tod und damit von meiner eigenen schmerzhaften Trennung zu erzählen, ohne jedoch die wahre Todesursache zu erwähnen. Plötzlich standen für Suzanne nicht mehr der eigene Kummer, sondern das Schicksal und die Zukunft ihres Vaters im Vordergrund.

«Und nun, wirst du das geerbte Haus verkaufen und zurück nach Bern kommen?», fragte sie mich und zeigte so etwas wie Enttäuschung über meine Absicht, in der

Provence zu bleiben. Die Verblüffung war ihr anzumerken, als ich ihr auch noch berichtete, ich sei seit ein paar Wochen daran, mich mit dem Leben der Inselspital-Gründerin Anna Seiler zu befassen. Dass ich zu diesem Zweck bereits vor ein paar Wochen im Staatsarchiv des Kantons Bern und im Archiv des Inselspitals gewesen war, ohne mich bei meiner Tochter zu melden, verschwieg ich wohlweislich.

Meinerseits war ich dann verblüfft, als sie eine kleine Flasche «Grappa di Amarone Stravecchia» auf den Tisch stellte. «Der ist zwar höllisch teuer gewesen, aber die Verkäuferin im Spezialgeschäft hat mir versichert, mit diesem auserlesenen Tropfen könne ich dir sicher eine Freude bereiten.»

Beim Kaffee versuchte ich zu begründen, wie mein Interesse an der mysteriösen Person der Anna Seiler geweckt worden war: «Während Jahren bin ich oft vor dem Anna-Seiler-Brunnen stehen geblieben, der in der Stadt Bern in der Nähe des Käfigturmes steht. Die Brunnenfigur, welche aus der Werkstatt von Hans Gieng stammt, hält in der einen Hand eine Schale, in die sie mit der anderen Hand aus einem Krüglein Wasser giesst. Ihr Gesicht hat meines Erachtens eine magische Physiognomie und ich habe mich oft gefragt, was der Bildhauer damit ausdrücken wollte. Gemäss offiziellen Erläuterungen soll die Skulptur Sinnbild für die sittliche Tugend der Mässigung sein, welche die Lust auf frivole Vergnügen zügelt. Wenn ich der Anna jedoch jeweils etwas länger in die Augen schaue, glaube ich ein flüchtiges Augenzwinkern zu erhaschen und bilde mir

ein, sie würde mir zuflüstern, in ihrem Krüglein sei nicht etwa Wasser, sondern edler Wein!»
Suzanne hörte mir zwar aufmerksam zu, aber mir schien, sie habe wenig Verständnis für mein Forschungsobjekt – ja, ich glaubte sogar, sie sei darüber eher belustigt. Oder hatte sie gemerkt, dass ich ihr etwas vormachte und ihr verschwieg, dass ich in die Schweiz gekommen war, um herauszufinden, ob es sich bei der «reichen Bernburgerin» aus dem 200-jährigen Sittenbuch um Anna Seiler gehandelt haben könnte?

Unbeirrt fuhr ich fort: «Im Internet habe ich nur wenig über Anna Seiler gefunden. Weder ihr Geburts- noch das genaue Todesdatum scheinen bekannt zu sein.
Im Historischen Lexikon der Schweiz fand ich folgenden Eintrag:
Erstmals erw. 1348 in Bern, ✝ vor dem 14.8.1360 Bern.
Tochter des Peter ab Berg.
∞ Heinrich S., 1322-28 Spitalmeister und 1331-34 Vogt des Niedern Spitals in Bern (✝ vor dem 21.1.1338).
Kinderlos.
S. stiftete 1354 in der Neustadtgasse (heute Zeughausgasse) vor dem Dominikanerkloster ein Spital für 13 bettlägerige und bedürftige Personen, das nach der Reformation 1528 in das ehem. Dominikanerinnenkloster St. Michael in der Insel verlegt wurde und den Namen Inselspital annahm. Nach der Verlegung auf die Kreuzmatte 1881-84 wurde im Jubiläumsjahr 1954 eines der Spitalgebäude auf den Namen Anna-Seiler-Haus getauft.
Seit dem 19. Jh. wird auch der Temperantia-Brunnen in der Marktgasse Anna-Seiler-Brunnen genannt.

Nun will ich in Bern nach den Spuren der wohl bekanntesten Bernerin suchen.»

«Du bist also nicht meinetwegen, sondern wegen dieser Anna in die Schweiz gekommen», stellte Suzanne schnippisch fest und versuchte ihre Enttäuschung zu verbergen. «Und bis wann gedenkst du bei mir zu wohnen?»
«Ich will nicht bestreiten, dass mich mein neustes Steckenpferd zur dieser Reise veranlasst hat. Aber ich freue mich gleichzeitig ausserordentlich, ein paar Tage bei dir sein zu dürfen. Einen festen Zeitplan besitze ich nicht und ich möchte den Aufenthalt auch noch dazu nutzen, ein paar alte Kollegen und in Interlaken meinen Bruder aufzusuchen. Aber jetzt bin ich müde und muss ins Bett.»

8
(1315)

Es vergingen einige Tage, bis Anna wieder etwas von Johann von Châlon hörte. Elsa, die Annas Vater den Haushalt besorgte, hatte ihr nach der Rückkehr vom Wochenmarkt im Versteckten ein Papier in die Hand gedrückt. In ihrer Kammer las sie die Mitteilung ihres Verehrers. Johann bat sie, am nächsten Tag nach Einbruch der Dunkelheit zum Ländtetor bei der Untertorbrücke zu kommen.

Beim Abendessen sah sie Elsa an, wie diese darauf brannte, den Inhalt des geheimnisvollen Papiers zu erfahren. Zwischen Anna und der zehn Jahre älteren Elsa gab es kaum Geheimnisse. Tante Elisabeth hatte zwar mehrmals vehement darauf gepocht, den Standesunterschied zu respektieren, aber Anna hatte sich immer wieder über die Vorhaltungen hinweggesetzt, denn sie sah in der Haushalthilfe nicht eine Magd, sondern eher eine Freundin.

Elsa, die bereits gewisse Erfahrungen mit dem andern Geschlecht gemacht und ihr verschiedentlich darüber berichtet hatte, war richtiggehend erregt, als sie vernahm, der noble Welsche bitte Anna um ein Rendezvous.

«Da musst du unbedingt hingehen.»
«Vater und Tante Elisabeth werden das sicher nie und nimmer zulassen.»
«Dann gehst du eben ohne Erlaubnis hin.»
«Ich traue mich doch in der Dunkelheit nicht allein hinaus.»

«Wenn du möchtest, werde ich dich begleiten.»
«Oh, das ist lieb von dir.»

Wie vereinbart, verliessen die beiden zur vorgesehenen Zeit das Haus durch den Hinterausgang Richtung Nydeggstalden. Sie hatten ihr Ziel schon fast erreicht, als ihnen ein fürchterlicher Lärm entgegenkam.

«Die Geissler kommen», flüsterte Elsa und zog Anna in den nächstgelegenen Hauseingang, um sich dort zu verstecken.

Anna hatte zwar schon von den Geisslern gehört, erschrak aber nun bei deren Auftritt fast zu Tode. Die Männer, die in Zweierreihe wie in einer Prozession singend daherkamen, trugen helle Kutten mit roten Kreuzen und schwarze Spitzkappen. In den linken Händen trugen sie Pechfackeln, in den rechten die aus Lederriemen mit Metallspitzen bestehenden Geisseln, mit denen sie sich bei jedem zweiten Schritt auf ihre Rücken schlugen.

Anton Fischer, den Anna seit der Lateinschule kannte und der in der Zwischenzeit dem Franziskanerorden beigetreten war, hatte ihr berichtet, die Geissler hätten sich verpflichtet, 33½ Tage im Geisslerzug zu verbleiben, für jedes Lebensjahr von Jesus einen Tag. Während diesen fast fünf Wochen schliefen die Geissler auf Stroh, gelobten Keuschheit und durften nicht betteln. Die Geisslerbewegung sei ursprünglich in Italien entstanden. Das beim Geisseln fliessende Blut werde mit dem vergossenen Blut Christi verglichen. Diese Art der Busse sei jedoch innerhalb der Kirche umstritten und deshalb weitgehend verschwunden. Hintergrund und Initianten des aktuellen Geisslerzuges seien vorläufig nicht klar erkennbar. Die Mehrheit der Geistlichen verurteile aber diese rituale Selbstgeisselung.

Anna verkrampfte es Hals und Bauch beim Anblick der blutigen Kleider und sie musste schockiert wegschauen. Elsa jedoch schien vom Geschehen fasziniert zu sein. Mit offenem Mund und aufgesperrten Augen verfolgte sie fiebrig die Prozession und wirkte irgendwie erregt und entrückt.

Mit einer galanten Geste empfing Johann kurz darauf Anna, die Elsa das Versprechen abgenommen hatte, in ihrer Nähe zu bleiben, ohne sich jedoch blicken zu lassen. Er gestand ihr, seit dem Fest im Hause ab Berg Tag und Nacht an sie zu denken, und er sei zur Überzeugung gelangt, dass sie die Frau seines Lebens sei. Anna fühlte sich enorm geschmeichelt, war aber nicht in der Lage, auf sein Geständnis zu antworten, obwohl auch sie oft Gedanken an ihn verloren hatte, seit sie sich zum ersten Mal gesehen hatten. In ihrer Verlegenheit erklärte Anna, sie könne nicht lange bleiben und müsse gleich wieder nach Hause.

Kaum eine Viertelstunde hatte das heimliche Stelldichein gedauert, aber Johann liess Anna nicht ziehen, bevor sie ihm versprochen hatte, in einer Woche wiederzukommen und dann etwas mehr Zeit für ihn zu haben.

«Was, du bist schon zurück? Was ist passiert?», wollte Elsa sofort wissen, doch Anna eilte raschen Schrittes den Nydeggstalden hinauf, Richtung Kilchgasse.

Anna hatte nichts dagegen, dass Elsa ihr in ihre Kammer folgte, um endlich zu erfahren, wie es gewesen sei. Sie wollte jedes Detail wissen und Anna erzählte treuherzig, wie Johann sie mit Handkuss begrüsst, was er ihr ins Ohr geflüstert und dass er mehrmals ihren Hals und ihre Oberarme gestreichelt habe.

«Und beim Abschied?»
«Da hat er versucht, mich auf den Mund zu küssen.»
«Du hast ihm den Kuss verweigert?»
«Ja!»
«Warum nur?»
«Mich hat noch nie jemand auf den Mund geküsst.»
«Das nächste Mal darfst du dich nicht zieren. Komm, ich zeige dir, wie das geht!»

Unversehens umarmte Elsa die überrumpelte Anna und küsste sie. Erst fuhr sie sanft und abwartend mit der Zungenspitze über deren Lippen und als Anna dies zuliess, drückte sie die Zunge langsam und sachte zwischen ihre Lippen. Anna wusste nicht, wie ihr geschah, aber nach anfänglichem Zögern erwiderte sie den Kuss und begann ihrerseits, mit der Zunge den Mund ihrer Partnerin zu erkunden und deren Zunge zu umkreisen.

Elsa ging noch einen Schritt weiter und begann Anna zärtlich zu streicheln. Zuerst den Hals, dann den Rücken und schliesslich die Brüste. Anna glaubte Schmetterlinge in ihrem Bauch zu haben und ihr wurde ganz heiss. Widerstandslos liess sie sich von Elsa ausziehen und zu ihrem Bett führen.

«Stell dir jetzt vor, ich sei Johann», flüsterte Elsa in ihr Ohr. «Auch er wird dich küssen, wie wir das eben gemacht haben, und dann wird er dich am ganzen Körper streicheln. Auch zwischen deinen Schenkeln. Wenn er zärtlich ist, wird deine Scheide davon feucht. Wahrscheinlich wird er dann dein Inneres mit einem Finger erkunden.»

Elsa schilderte Anna nicht nur flüsternd, was sie zu erwarten habe, sondern unterstrich ihre Worte mit Taten. Dabei beobachte-

te sie die Tochter ihres Brotgebers aufmerksam, um ihre Reaktionen zu verfolgen. Hätte Anna nur den kleinsten Widerstand angezeigt, hätte Elsa ihre Unterweisung sofort abgebrochen. Anna aber genoss die ihr bisher unbekannte Zärtlichkeit bei pochendem Herzen und erhitztem Körper.

«Ob Johann zärtlich mit dir umgehen und dir Zeit lassen wird, weiss ich natürlich nicht», fuhr die in Liebesdingen Erfahrene fort, «aber sehr wahrscheinlich wird er irgendeinmal nicht nur seinen Finger, sondern sein Glied in dich einführen wollen. Das darfst du aber nur zulassen, wenn er einen Schafsdarm über seinen Phallus zieht, denn sonst riskierst du, von ihm ein Kind zu bekommen. Was das bedeuten würde, kannst du dir vorstellen.»

Anna, die alles um sie herum vergessen hatte, hätte ihren Körper ihrer Freundin noch Stunden überlassen können, und sie küssten sich immer wieder aufs Neue. Elsa aber wollte Anna nicht überfordern und hatte sich absichtlich nicht entkleidet, obwohl auch für sie die Situation ungewohnt war und sie kribbelig machte. Mit einem letzten innigen Kuss verabschiedete sie sich und überliess die halbnackte Anna ihren Gefühlen.

Es dauerte einige Zeit, bis sich Anna beruhigt hatte. Dann aber fiel sie in einen tiefen Schlaf und träumte von Johann, den sie bald wiedersehen würde.

9
(Juni 2016)

«Gottfriedschtutz! Röbu! I gloubes niid!», rief mein Jugendfreund Herbert von Bergen aus, als er mich im LE MAZOT am Bärenplatz mitten in der Stadt Bern bei einem Glas Fendant entdeckt hatte.

Wahrscheinlich hätte ich «Hebu» nach all den Jahren nicht erkannt, obwohl wir vom Kindergarten bis zum neunten Schuljahr immer in der gleichen Klasse gewesen waren, anschliessend beide ein Lehre als Vermessungszeichner, die Artillerie-Rekrutenschule in Sion und die Ingenieurschule in Basel absolviert hatten.

Während der Schulzeit hatte es geheissen, wir würden wie die Kletten zusammenhängen, und schon im Primarschulhaus Spitalacker und danach erst recht in der Sekundarschule Viktoria hatte das Duo «Hebu und Röbu» als Lehrerschreck gegolten.

Während ich mich dann zum biederen kantonalen Beamten entwickelt hatte, war er nach dem Studium der Vermessung untreu geworden, in die Baufirma seines Schwiegervaters eingetreten und in kurzer Zeit zu einem lokalen Immobilienkönig avanciert. Ein paar Mal hatten wir uns noch bei den Hauptversammlungen des «Fischereivereins Schwellenmätteli» getroffen, aber nach und nach hatten wir uns aus den Augen verloren.

Herbert setzte sich zu mir an den Tisch, bestellte einen halben Liter Fendant, und im Nu tauchten wir in alte Erinnerungen ein. Der Nostalgie verfallend, begannen etliche unserer Erzählungen mit der Floskel «Weisch no...».

Beim nächsten Halbliter erzählten wir uns gegenseitig, welchen Weg wir in den letzten dreissig Jahren zurückgelegt hatten. Er war zwei Mal geschieden, dreifacher Vater und fünffacher Grossvater.

«Nach dem zweiten Herzinfarkt habe ich den Betrieb meinen Kindern übergeben, wohne jetzt mit meiner ersten Ex-Frau in Sigriswil mit Blick auf Thunersee und Niesen und gehe wieder regelmässig fischen.»

Spontan lud er mich ein, am nächsten Tag mit auf den Thunersee zu kommen und wieder einmal gemeinsam den Felchen nachzustellen. «Um die Ausrüstung brauchst du dich nicht zu kümmern und auch ein Patent musst du nicht lösen. Ich habe ein Gastpatent.»

Ich nahm seine Einladung an, obwohl mir mein ehemaliger Jugendfreund irgendwie fremd war und ich fand, er lebe in einer andern Welt als ich. Die ganze Zeit hatte ich darauf gewartet, dass Herbert auf den seinerzeitigen Bruch unserer Freundschaft zu reden käme. Aber er schnitt dieses Thema nicht an. Das Thema, das einen Namen trägt: Elisabeth.

Angefangen hatte das Ende der Freundschaft mit Hebu im vierten Semester der Ingenieurschule. Wieder einmal hatten wir beide keine Partnerin für den Couleurball unserer Studentenverbindung gefunden.

«Was ist dir über die Leber gekrochen?», fragte mich Frau Hauser, als ich ihr zwei Tage vor dem Ball über den Weg lief. Frau Hauser war für uns mehr als eine Abwartin. Einerseits duldete sie keine Abweichungen von der Hausordnung und ihre klare Haltung wurde von uns allen respektiert. Anderseits übernahm sie mit ihrem fröhlichen Wesen fast die Rolle einer Ersatzmutter und war da, um beispielsweise einen abgerissenen Knopf anzunähen, aber auch um Trost nach einer vergeigten Prüfung oder bei Liebeskummer zu spenden.

«Unsere Tochter Elisabeth ist letzte Woche aus London zurückgekommen, wo sie ein Jahr als Au-pair-Mädchen verbracht hat. Vielleicht hat sie Lust, euch zusammen mit ihrer Freundin Liliane an euren Couleurball zu begleiten.»

Eine Stunde vor Ballbeginn trafen wir uns mit den beiden Mädchen, die wir vorher noch nie gesehen hatten, im Restaurant des STADTCASINOS am Barfüsserplatz.

Elisabeth war grossgewachsen, gertenschlank, hatte lange dunkelbraune Haare und trug eine schwarze Hose, eine weisse Bluse und einen schwarzen Blazer. Die rote Rose, die sie in ihr Haar gesteckt hatte, erinnerte zusammen mit dem relativ dunklen Teint an eine carmenähnliche Figur. Im Unterschied zu ihrer Mutter wirkte sie eher ernst.

Liliane dagegen war nur etwa 160 Zentimeter gross und strahlte mit ihrem rotblonden Wuschelkopf eine ansteckende Fröhlichkeit aus. Das mit Blumenmustern bedruckte Kleid war ganz und gar nicht elegant, passte aber perfekt zur Persönlichkeit der Trägerin. In einem Ballkleid hätte sie sich kaum wohl gefühlt.

Liliane war denn auch diejenige, welche nach der steifen Begrüssung das Eis brach und mit ein paar lockeren Sprüchen eine entspannte Stimmung schuf.

Auf dem Weg zum Restaurant SAFRAN ZUNFT, wo der Ball stattfand, bildeten sich stillschweigend zwei Paare: Liliane nahm mich plötzlich an der Hand und Elisabeth wurde zur Partnerin von Herbert.

Dummerweise blieben Hebu und ich einmal mehr etwas zu lange an der Bierbar hängen. Jedenfalls bestanden unsere Begleiterinnen schliesslich darauf, ein Taxi zu bestellen und alleine nach Hause zu fahren.

Schon zwei Tage nach dem Ball trafen sich Hebu und Elisabeth wieder und meinem Freund war in den Wochen darauf von weitem anzusehen, dass er über beide Ohren verliebt war. Er verzichtete die nächsten Wochenenden darauf, zu seinen Eltern nach Bern zu fahren, um in Basel zu bleiben. Oft erschien er in dieser Zeit am Morgen übernächtigt oder verspätet zum Unterricht.

Dann hatte Petrus ins Geschehen eingegriffen. Zusammen mit dem angehenden Bergführer Kaspar, mit dem ich schon mehrere Bergtouren unternommen hatte, wollte ich am letzten Wochenende vor Semesterbeginn das 3503 Meter hohe Sustenhorn besteigen. Trotz unsicherer Wetterprognose hatten wir entschieden, die Tour zu wagen. Beim Halt des Postautos an der Station Steingletscher befanden wir uns in stockdichtem Nebel und an den geplanten Aufstieg zu der auf rund 2800 m.ü.M. liegenden Tierberglihütte der SAC-Sektion Baselland war nicht zu denken. In der Hoffnung auf eine Wetterbesserung nahmen wir ein Zimmer im Hotel.

Ich weiss nicht, wer mehr überrascht war, als ich auf der Treppe in den dritten Stock auf Elisabeth Hauser stiess. Sie befand sich mit dem Damenturnverein auf einem Wanderwochenende. Anders als bei uns war bei ihnen die Übernachtung im Hotel STEINGLETSCHER geplant. Nicht geplant war, dass wir schliesslich im gleichen Bett landeten. Jedenfalls hatten wir am nächsten Morgen beide ein schlechtes Gewissen gegenüber Herbert. Wir waren uns einig, die gemeinsame Nacht als einmaligen Ausrutscher zu betrachten, den wir der besonderen Stimmung in der Bergluft zuschrieben. Herbert sollte nichts davon erfahren.

Anscheinend hatte das Geheimnis Elisabeth zu stark belastet und sie beichtete Herbert den Fehltritt.

Von da an waren wir uns aus dem Weg gegangen.

Wie ich erwartet hatte, besass Herbert nicht nur ein feudales Bootshaus in Oberhofen, sondern auch eine luxuriöse, zwölf Meter lange Motorjacht, ausgerüstet mit allem Komfort: Dusche, Grill, Mikrowellengerät, Kühlschrank, Weinkühlschrank, Humidor, CD-Player, Fernsehapparat.

Das Steuerhaus des auf den Namen QUEEN ELIZA-BETH getauften Kahns glich mit GPS, Autopilot, Satellitentelefon, vorausschauendem Echolot und Tiefen-Echolot einem Flugzeug-Cockpit. Ein Schmunzeln entlockte mir die Inschrift «All fishermen are liars – except you and me – and I'm not so sure about you!».

In hoher Geschwindigkeit fuhren wir kurz nach acht Uhr quer über den See. Vor Einigen drosselte Hebu das Tempo, fuhr zwei-drei Mal unter ständigem Blick auf die Echolot-Bildschirme hin und her und liess schliesslich den elektrisch angetriebenen Anker hinunter. Er gab mir eine für das sogenannte Hegenenfischen besonders geeignete leichte Rute mit einer speziell feinen und weichen Spitze. Wir montierten vorfabrizierte Gamben mit je fünf rot-schwarzen Nymphen, wie die Angelköder heissen, die das Larvenstadium von Wasserinsekten imitieren. Der Vorteil dieser Methode liegt darin, dass problemlos verschiedene Wassertiefen befischt werden können.

Als wir mit den Vorbereitungen soweit waren, um den Fischen unsere Köder schmackhaft zu machen, war jedoch der beim Ankern vom Echolot angezeigte Fischschwarm nirgendwo mehr zu sehen. Nach zirka einer halben Stunde suchten wir einen neuen Platz, aber auch hier blieben wir erfolglos. Dieses Ritual wiederholte sich mehrmals, bis kurz nach elf Uhr endlich eine

Felche an meiner Rute zappelte. Herbert nahm den Feumer und das Alu-Fischmass zur Hand und stellte bedauernd fest, dass der Fisch das Mindestfangmass von 28 cm nicht erreichte und vorsichtig zurückgesetzt werden musste.

Nun war es Zeit für ein Glas Weissen. Der «Aigle les Murailles», der wohl bekannteste Chasselas-Wein aus dem Hause Badoux, war geeignet, unsere Launen wieder aufzuheitern.

Als wir gegen ein Uhr zurück nach Oberhofen fuhren, lagen im Fischkasten immerhin fünf Felchen zwischen 29 und 34 cm sowie ein 32 cm langer Seesaibling, die wir gemäss den seit einigen Jahren geltenden Tierschutzvorschriften mit einem Schlag auf den Kopf betäubten und sofort ausnahmen.

Elisabeth erwartete uns im Bootshaus. Das Wiedersehen war mir mehr als peinlich, aber sie begrüsste mich nonchalant mit drei Küsschen auf die Wangen, und es gelang ihr auf der Stelle, eine ungezwungene Atmosphäre zu schaffen.

Wir assen im Salon der QUEEN ELIZABETH. Elisabeth hatte einen gemischten Salat und Salzkartoffeln vorbereitet und offensichtlich damit gerechnet, dass wir nicht mit leeren Händen heimkehren würden. Die frisch gefangenen, in Butter gebratenen Fische mundeten ausgezeichnet.

Die beiden erzählten in einer lockeren Art und Weise, wie sie sich nach zwölf Ehejahren auseinandergelebt hätten und es zur Scheidung gekommen war. Herbert hatte kurz darauf eine junge Sekretärin geheiratet, aber auch diese Ehe war nach wiederum zwölf Jahren gescheitert. Beim Hochzeitsfest ihrer ältesten Tochter fanden sich die beiden wieder und lebten nun bereits wieder acht Jahre zusammen. «Das verflixte siebte Jahr haben wir überstanden, ob wir beim zweiten Versuch über zwölf hinauskommen, wird sich weisen», meinte Elisabeth lachend.

Nach der gebrannten Creme, mit der uns Elisabeth überraschte, übten wir uns in Fischerlatein. Unweigerlich kramten wir die Geschichte mit dem kapitalen Hecht hervor, den ich seinerzeit vor dem Schadaupark in Thun vom Ufer aus mit Spinnrute und dem guten alten «Kneubühler-Löffel» überlistet hatte. Ganze zwanzig Minuten hatte der Drill gedauert, bis ich den 118 cm langen und über 11 Kilo schweren Esox mit Herberts gütiger Hilfe landen konnte.

«Unser Verein wird wahrscheinlich bald verschwinden!», berichtete Hebu betrübt. «Von den ehemals gegen 200 Mitgliedern sind noch etwa zwei Dutzend übrig geblieben. Im Vorstand sind mehrere Posten unbesetzt. Der langjährige Präsident hat unwiderruflich demissioniert. An einer ausserordentlichen Hauptversammlung von nächster Woche soll über die Zukunft entschieden werden. Zur Diskussion steht eine Auflösung oder eine Fusion mit einem der andern Vereine der Fischerei-Pachtvereinigung Bern.»

Beim Kaffee beschlossen wir, zusammen an der möglicherweise letzten Hauptversammlung der «Schwellenmätteler» teilzunehmen.

10
(1315)

Am Tag nach dem heimlichen Treffen mit Johann von Châlon nahm Tante Elisabeth Anna ins Gebet. Sie waren alleine zu Hause. Vater ab Berg war im Rathaus und Elsa auf dem Markt.

«Du hast gestern Abend mit Elsa das Haus verlassen. Wo wart ihr?», wollte sie wissen, und Anna gestand ohne Umschweife das Rendezvous. Elisabeth kannte Anna gut genug, um ihr anzumerken, welche Gefühle sie für Johann empfand.

«Du bist offensichtlich verliebt. Ich verstehe dich und ich will dir nicht vor dem Glück stehen», versicherte die Tante. Anna war verblüfft, denn bisher hatte die Schwester ihrer Mutter niemals über Liebesdinge geredet und sie auch nicht auf das vorbereitet, was ihr am Vorabend widerfahren war. Elsa hatte einmal sogar behauptet, Elisabeth sei prüde.

«Auch ich war einmal verliebt wie du jetzt. Auch in einen Welschen. Aber ich musste damals bei meiner Mutter bleiben, die auf meine Pflege und Unterstützung angewiesen war. Dann starb deine Mutter und ich konnte den Wunsch deines Vaters nicht ausschlagen, zu euch zu kommen. So sind die Jahre vergangen, bis es zu spät war, um zu heiraten. Dir soll das nicht passieren. Wenn du meinst, du habest den Mann deines Lebens gefunden, dann stehe dazu. Aber vorläufig darf dein Vater nichts von dei-

nem Geheimnis erfahren. Wir müssen vorsichtig sein, bis der richtige Moment gekommen ist, um ihn einzuweihen.»
Anna traute ihren Ohren nicht und umarmte ihre Tante dankbar mit Tränen in den Augen.

Das Schicksal wollte es gut mit Anna, denn ein paar Tage später verabschiedete sich Peter ab Berg für einige Wochen von den Seinen. Wie jedes Jahr unternahm er eine mehrwöchige Reise nach Würzburg, um dort und auf dem Weg zurück die neusten Stoffe einzukaufen. Zwar liess er den Kleinen Rat in Bern zurück, aber nicht die Politik. Er kannte im Heiligen Römischen Reich zahlreiche Gewährsmänner, die ihn über die aktuelle Lage ins Bild setzten und von denen er vernahm, wie seine Heimatstadt eingeschätzt wurde.

Anna fühlte sich im siebten Himmel. Alle paar Tage verliess sie bei Einbruch der Dunkelheit zusammen mit Elsa ihr Zuhause und traf sich mit Johann. Das junge Liebespaar wurde sich immer vertrauter und begann Zukunftspläne zu schmieden. Sie waren sich jedoch einig, mit der Hochzeit noch zuzuwarten.

Johann hatte die Absicht, sich an der Universität Montpellier zu bewerben, um dort zu studieren. Zum ersten Mal hörte Anna von der Möglichkeit dieser höheren Ausbildung. Sie hing ihrem Geliebten förmlich an den Lippen, wenn dieser ihr erklärte, zuerst müssten sich alle Studenten in den sieben freien Künsten, nämlich Grammatik, Rhetorik, Logik, Arithmetik, Geometrie, Astronomie und Musik, weiterbilden, um den Bakkalaureus zu erlangen. Erst danach könne man sich einer der drei höheren Fakultäten Jura, Medizin oder Theologie zuwenden, um allenfalls den Magister zu erreichen.

«*Das würde mich auch interessieren. Da könnten wir doch zusammen nach diesem Montpellier gehen.*»
«*Das ist leider nicht möglich. Die Studenten sind den Mönchen gleichgestellt und die müssen bekanntlich männlich sein. Frauen werden an den Universitäten nicht zugelassen.*»
«*Das ist aber ganz und gar nicht gerecht. Mädchen sind dazu sicher auch fähig. Jedenfalls habe ich festgestellt, dass die Mädchen an der Lateinschule hier in Bern den Jungen oft überlegen waren.*»
«*Das glaube ich dir gerne und ich teile auch deine Meinung, die Zulassungsbestimmungen seien ungerecht, aber daran lässt sich leider nichts ändern.*»
«*Aber alle Menschen sind doch gleich. Wir Frauen sollten uns zur Wehr setzen und fordern, dass allen Menschen dieselben Rechte zugestanden werden. Anfangen müssten wir wohl in der Politik. Wir müssten dafür kämpfen, dass auch Frauen in den Rat der 200 und in den Kleinen Rat gewählt werden.*»
«*So habe ich mir das noch nie überlegt, aber eigentlich hast du recht. Doch: Wie willst du das erreichen?*»
«*Vielleicht müssten die Frauen sich weigern, Kinder zu gebären, bis die Männer bereit sind, ihre Privilegien abzulegen und den Frauen die Rechte zuzugestehen, auf die sie Anspruch haben.*»

Anna kam bei solchen Gesprächen in ein richtiges Feuer und Johann gefiel das kämpferische Element seiner Geliebten. Ihre Zusammenkünfte dauerten immer länger und es kam nicht selten vor, dass Elsa mit dem vereinbarten Ruf des Waldkauz-Männchens zum Aufbruch mahnen musste. Wenn Anna dann das langgezogene, heulende «Huh-Huhuhu-Huuuh» vernahm, liess sie ihren Geliebten oft verdutzt zurück, ohne ihm die plötzliche Eile zu erklären. Sie wollte nicht, dass dieser Elsa entdeckte.

11
(Juni 2016)

Am nächsten Morgen wurde ich von der Sonne geweckt, die mir ins Gesicht schien. Mein Wecker verriet mir, dass es bereits neun Uhr war und ich mehr als acht Stunden geschlafen hatte, was selten vorkommt. Ich stand auf und ging durch die Wohnung. Auf einem Zettel hatte Suzanne notiert, sie sei den ganzen Tag weg und käme erst gegen Mitternacht nach Hause.

Nach dem Duschen ass ich das Müesli, das ich wie üblich am Vorabend mit Milch angerichtet hatte. Vor Jahren hatte mir ein Bekannter erklärt, nur durch das Einweichen könnten sich die begehrten Enzyme bilden, die zur optimalen Verwertung der Nährstoffe im Organismus nötig seien. Seither hatte ich nie mehr Probleme mit der Verdauung gehabt, wobei wohl auch das Natur-Joghurt eine Rolle spielen dürfte, das ich jeweils am Morgen ins vorbereitete Müesli mische.

Zufällig hatte ich im Coop-Supermarkt an der Bahnhofstrasse in Ostermundigen das Activia-Classic-Joghurt entdeckt, das ich in der Provence kennen gelernt hatte. In der Eigenwerbung behauptet die französische Firma Danone, die Bifidus-Kultur überlebe die Magensäure und gelange so in den Darm. Wissenschaftlich sei nachgewiesen, dass Activia zum Darmwohlbefinden beitrage, indem es die Darmpassagezeit verkürze und das Aufgeblähtsein reduziere.

Kurz nach elf Uhr klopfte ich im Inselspital an die Bürotüre von Christa Spüler. Mit der Lüge, meine Putzfrau habe die Kopie des Testamentes von Anna Seiler irrtümlicherweise mit dem Altpapier entsorgt, versuchte ich sie dazu zu bewegen, mir eine neue Kopie zu machen. Doch die Leiterin der Sammlung der Inselspital-Stiftung ging weder auf meinen Wunsch noch auf die Frage ein, ob es keine bisher unveröffentlichten Aufzeichnungen über die Gründerin des Inselspitals gebe. Sie erklärte mir vielmehr, sie sei eigentlich froh, dass das besagte Dokument vernichtet worden sei, denn sie habe Gewissensbisse gehabt, weil sie sich bei meinem ersten Besuch dazu habe verleiten lassen, das bestehende Kopierverbot zu missachten. Als Ersatz händigte sie mir die Abschrift des Testaments aus dem 1954 erschienenen Jubiläumsbuch «600 Jahre Inselspital» aus.

Enttäuscht verabschiedete ich mich von Frau Spüler. Als ich ihr Büro verliess, sass ein sportlich gekleideter Mann mittleren Alters im Warteraum beim Lesen der französischen Sportzeitung L'ÉQUIPE. In Frankreich gilt die täglich erscheinende L'ÉQUIPE als die Bibel der Tour de France. Grosse Beachtung findet die alljährliche Wahl der als «Champion des champions / Championne des championnes» bezeichneten Weltsportler und Weltsportlerin des Jahres. Viermal hat der jamaikanische Leichtathlet Usain Bolt die Wahl gewonnen, je dreimal der Leichtathlet Carl Lewis, der Formel-

1-Pilot Michael Schumacher, die Tennisspielerin Serena Williams und der Schweizer Roger Federer.

Im Bus Richtung Stadt hielt ein älterer Mann den Sportteil des BLICK in der Hand. Ich überlegte mir, dass diese Boulevard-Zeitung heute für die Sportinteressierten in der Schweiz wahrscheinlich die wichtigste Informationsquelle war.

Plötzlich glaubte ich mich daran zu erinnern, den L'ÉQUIPE-lesenden Burschen schon bei meinem letzten Besuch vor dem Büro von Frau Spüler bemerkt zu haben. War er möglicherweise der Grund dafür gewesen, dass ich mich beobachtet gefühlt hatte?

Am Bahnhofplatz stieg ich aus und ging einer Eingebung folgend zum unterirdischen Bahnhofkiosk, wo ich die aktuelle Nummer der L'ÉQUIPE kaufte. Sofort erkannte ich, dass der junge Mann im Inselspital nicht die neuste Ausgabe in der Hand gehalten hatte. Ich ging nochmals zurück in den Kiosk und fragte die Verkäuferin, ob zufälligerweise noch ein Exemplar des Vortages vorhanden sei. Zusammen mit ihrer Kollegin suchte sie den Stapel mit den alten Zeitungen durch und fand tatsächlich die Ausgabe vom Vortag, aber auch diese Frontseite stimmte nicht mit jener überein, die ich im Inselspital gesehen hatte. Nun war ich sicher, dass diese Zeitung nur als Attrappe oder Tarnung gedient hatte. Was aber war die wirkliche Absicht dieses Mannes gewesen?

12
(1316)

Noch selten war die Stimmung im Hause ab Berg so gut gewesen wie in diesen Wochen.

Die verliebte Anna war aufgeblüht wie Rosen im Sommerwind. Elsa war zufrieden, das Liebesfeuer gezündet zu haben, und Elisabeth war stolz, ihrer Nichte als Komplizin zum Glück zu verhelfen. Das gemeinsame Geheimnis hatte die drei unterschiedlichen Frauen zusammengeschweisst. Sie genossen jeden Tag, lachten viel und unternahmen oft lange Spaziergänge miteinander.

Die Situation änderte sich schlagartig, als Vater ab Berg zurückkam. Auf der Rückfahrt von seiner Handelsreise war er am Hauenstein in einen Hinterhalt geraten. Trotz tüchtiger Gegenwehr der beiden Waffenknechte Cuno und Lucas, die den Ratsherrn begleitet hatten, erbeuteten die in Überzahl gewesenen Wegelagerer das gesamte Geld und die eingekauften Stoffe. Zudem war Peter ab Berg bei diesem Gemenge leicht verletzt worden und beklagte ein gebrochenes Nasenbein und drei gebrochene Rippen, die ihn bei jedem Atemzug schmerzten.

Am Tag darauf rief er nach der Heimkehr aus dem Rathaus Anna zu sich und wollte wissen, was es mit den Gerüchten auf sich habe, die ihm im Kleinen Rat zugetragen worden seien.

«Du hast dich tatsächlich mit diesem Welschen getroffen?»
«Ja, Vater, und ich will ihn heiraten.»

«*Du weisst, was du mir bedeutest. Du bist mir wichtiger als meine Geschäfte und die Politik. Ich würde versuchen, dir fast alle Wünsche zu erfüllen. Das kann ich jedoch nicht zulassen!*»
«*Aber ich liebe ihn über alles auf dieser Welt!*»
«*Das geht einfach nicht. Ich will nicht, dass unser Familienvermögen verloren geht. Wenn mir schon kein Sohn geschenkt worden ist, dann muss meine Tochter eben einen Bernburger zum Mann nehmen. Mehrere Mitglieder des Kleinen Rates haben mir übrigens schon zu verstehen gegeben, dass sie sich dich durchaus als Schwiegertochter vorstellen könnten. Du hast eine grosse Auswahl und ich werde deine Entscheidung akzeptieren. Aber ein Burger muss es sein, ob ein adeliger oder ein notabler, ist mir mehr oder weniger egal.*»
«*Ich könnte ja auf meine Erbansprüche verzichten.*»
«*Nein, auch das kommt nicht in Frage. Wir können den Burgundern nämlich nicht trauen und müssen befürchten, dass sie sich früher oder später gegen Bern wenden, dann wärst du mitten drin.*»
«*Das hat für mich keine Bedeutung. Bis heute habe ich deine Anweisungen befolgt. Jetzt habe ich mich aber für Johann entschieden und werde keinen andern heiraten. Lieber gehe ich ins Kloster.*»

Der Vater erschrak ob der Hartnäckigkeit seiner Tochter und konnte nicht verbergen, wie er litt. Lange blieb er still und betrachtete Anna.

«*Ich kann nicht anders*», *brachte er schliesslich mit zusammengekniffenen Lippen und Tränen in den Augen hervor,* «*es schmerzt mich ungemein, aber ich muss verhindern, dass du weiterhin mit diesem Mann Kontakt hast. So leid es mir tut, aber ich werde*

veranlassen, dass er innerhalb von 48 Stunden die Stadt verlassen muss!»
Schluchzend stürzte Anna hinaus und landete in den Armen ihrer Tante, die offensichtlich hinter der Türe gehorcht hatte.
Spätabends sassen die drei Komplizinnen in Annas Kammer und hielten Kriegsrat. Sie hatten wohl bemerkt, dass einer der Waffenknechte vor dem Haus aufgestellt war. An ein heimliches Verlassen des Hauses war nicht mehr zu denken.

«Wenn du nicht hinaus kannst, muss Johann halt zu dir kommen», schlug Elsa vor, «ich werde Cuno, der schon lange ein Auge auf mich hat, im richtigen Moment ablenken, und Elisabeth muss deinen Johann hereinlassen.»
«Aber Vater wird doch merken, wenn mein Schatz zu mir in die Kammer kommt.»
«Ihr werdet euch eben in meiner Kammer im Hinterhaus treffen.»

Johann war sich bewusst, welches Risiko dieser listenreiche Plan für ihn bedeutete, liess sich aber das letzte Stelldichein vor der unfreiwilligen Abreise nicht nehmen.

Die zwei Untröstlichen versprachen sich zwischen feurigen Küssen und zärtlichen Liebkosungen ewige Liebe und besiegelten diese mit einem innigen Liebesspiel.
Anna vertraute darauf, mit der Zeit doch noch das Einverständnis ihres Vaters zu erreichen und schlug die Idee einer Entführung kategorisch aus.

Als Johann das Haus im Morgengrauen wieder verliess, stellte er erleichtert und belustigt fest, dass Cuno auf dem Stuhl vor der Türe friedlich schnarchte. Der Wein, den Elsa ihm eingeflösst hatte, war offensichtlich wirkungsvoll gewesen.

13
(Juni 2016)

Pünktlich um acht Uhr eröffnete Präsident Walter Huber im Restaurant JARDIN die ausserordentliche Hauptversammlung des Fischereivereins Schwellenmätteli.

«Besonders freut mich, dass unser Ehrenmitglied Robert Schneider den Weg aus Südfrankreich nicht gescheut hat, um an unserer Versammlung teilzunehmen», begrüsste mich Walter, was mir mehr als unangenehm war.

Nach knapp einer Viertelstunde kamen wir zum Hauptgeschäft des Abends. «Quo vadis Schwellenmätteli?», fragte der langjährige Präsident die rund zwanzig anwesenden Vereinsmitglieder. Nach einem kurzen Abriss der über hundertjährigen Vereinsgeschichte schilderte er die erfolglosen Bemühungen, neue Vorstandsmitglieder zu gewinnen. Zwar hätten in letzter Zeit ein paar jüngere Mitglieder aufgenommen werden können, aber Verantwortung wolle heute niemand mehr übernehmen, was angesichts der beruflichen Belastungen ein Stück weit auch verständlich sei.

Dann kam die knüppeldicke Überraschung.

Ein etwa dreissigjähriger Versammlungsteilnehmer meldete sich zu Wort und erhob sich. «Mein Name ist Peter Gerber. Ich bin seit zwei Jahren verheiratet, Vater einer kleinen Tochter und arbeite als Sprachheillehrer im Matte-Schulhaus. Als angefressener Fliegenfischer verbringe ich den grössten Teil meiner Freizeit am Wasser. Ich bewundere die Männer, die in der Vergangenheit in verdankenswerter Weise das Schiffchen unseres Vereins durch gute und schlechte Zeiten geführt haben und bin bereit, für eine gewisse Zeit das Präsidium der Schwellenmätteler zu übernehmen.»

Ein paar Sekunden blieb es mäuschenstill im Saal. Ungläubige Blicke wurden ausgetauscht. Dann brach tosender Applaus aus. Die Erleichterung der alten Garde war förmlich zu spüren.

«Ich kann und will die Arbeit aber nicht alleine machen», fuhr der selbstsicher auftretende Hoffnungsträger fort. «Natascha Bühler, ebenfalls eine fanatische Fliegenfischerin und im Beruf Sportlehrerin, ist bereit, das Vizepräsidium zu übernehmen und wäre für die Aus- und Weiterbildung verantwortlich, wenn ihr uns wählt. Pascal Wüthrich ist noch an der Uni. Er studiert Biologie und wird von uns als Sekretär vorgeschlagen. Als Kassier ist schliesslich Jürg Mischler vorgesehen, der bei der Berner Kantonalbank arbeitet.»

Dass sich die vier Kandidierenden seriös vorbereitet hatten, zeigte sich spätestens dann, als die künftige Vizepräsidentin bekannt gab, sie hätte sich beim Schweizerischen Kompetenzzentrum Fischerei SKF an der

Wankdorffeldstrasse erkundigt und beabsichtige, sich demnächst beim Netzwerk Angleraussbildung zur Instruktorin ausbilden zu lassen, um dann regelmässig Kurse zum Erlangen des Sachkundenachweises SaNa durchführen zu können. Auf diesem Weg sollten neue Vereinsmitglieder gewonnen werden.

Jürg Mischler, der designierte Kassier, erklärte, sie wollten künftig zweimal jährlich auf dem Mühleplatz ein öffentliches Fischessen organisieren, um die Kasse zu äufnen. Schliesslich stellte Pascal Wüthrich in Aussicht, die Vereinsmitglieder einmal pro Jahr zu einem gemeinsamen Fischerei-Wochenende einzuladen.

Die Wahl der jungen Vorstands-Crew war dann nur noch eine Formsache. Dem abtretenden Präsident war die Erleichterung ins Gesicht geschrieben, als er die Versammlung schloss und zur traditionellen Erbssuppe einlud.

Nach dem Essen kam der frisch gewählte Sekretär Pascal Wüthrich an meinen Tisch. Er erklärte mir, dass er kommende Woche zusammen mit einem Studienkollegen für eine Semesterarbeit in die Provence reisen werde. Nun habe er gedacht, vielleicht könne ich ihm einen Tipp geben, wo er günstig logieren könnte. Als sich herausstellte, dass der Luberon Ziel seiner Studienreise sei, bot ich ihm spontan mein Haus in Cucuron an. Ich informierte ihn, wie er mit TGV und Bus nach Cucuron gelangen könne und händigte ihm meinen Hausschlüssel aus.

«Eines musst du mir versprechen: In meinem Haus wird weder geraucht noch gekifft!», gab ich ihm beim Abschied noch mit auf den Weg.

Als ich zufrieden am Viktoriaplatz in den Ostermundigen-Bus einstieg, sass Suzanne im gleichen Wagen. Ich berichtete ihr von der überraschend verlaufenen Versammlung und zog daraus das Fazit, dass die junge Generation doch besser sei als häufig behauptet werde.

Ungläubig schaute sie mich an, als ich ihr verriet, dass ich dem neuen Vereinssekretär mein Haus zur Verfügung stelle. «Ist das nicht etwas fahrlässig?»
«Der Junge macht einen seriösen Eindruck und verdient mein Vertrauen!»
«Kennst du seine Eltern? Oder hast du wenigstens seine Adresse?»
«Er ist immerhin an der Uni und ist kein Luftibus!»
«Aber du weisst anscheinend nur seinen Namen!»
«Es ist mein Haus und meine Entscheidung. Ich lasse mir von dir den Abend nicht vermiesen! Ich gehe jetzt ins Bett. Gute Nacht.»

Am nächsten Morgen erwachte ich früh. Suzanne schlief noch, als ich ohne Frühstück die Wohnung verliess. Auf einem Zettel schrieb ich, dass ich ein paar Tage in Interlaken bei Erwin und Annemarie verbringen würde.

Am Kornhausplatz stieg ich aus dem Bus und setzte mich ins PYRI, wie das RESTAURANT DES PYRÉNÉESS in Bern genannt wird. Ich trank einen Cappuccino, ass ein Croissant und las die Wochenzeitung WOZ. Die 1981 gegründete WOZ ist die einzige unabhängige, überregionale linke Zeitung der Deutschschweiz.

Ich ärgerte mich immer noch darüber, wie Suzanne sich in meine Angelegenheiten einmischte und mir Ratschläge erteilen wollte. Gleichzeitig ärgerte ich mich darüber, dass ich mich von ihr immer wieder provozieren liess.

Erst als sich die andern Gäste im PYRI nach mir umdrehten, wurde mir bewusst, dass es mein Handy war, das bereits eine Ewigkeit klingelte. Endlich gelang es mir, den Anruf anzunehmen. Suzanne. Ich trat auf die Strasse hinaus, hörte mir ihre Entschuldigung an, stammelte meinerseits etwas wie eine Entschuldigung und log, ich sei ihr nicht mehr böse.

Zu Fuss ging ich über den Casinoplatz an die Münstergasse, um in der Burgerbibliothek und der Universitätsbibliothek nach Spuren von Anna Seiler und allfällig offiziell unerwähnten Nachkommen zu suchen.

Zuerst entdeckte ich den 1884 vom Historischen Verein des Kantons Bern herausgegebenen ersten Band der «Sammlung Bernischer Biographien». Auf den Seiten 554 bis 558 des 645 Seiten umfassenden Werkes hat der seinerzeit in Bern tätige Oberlehrer Jakob Sterchi versucht, eine Biographie von Anna Seiler aufzuzeichnen. Zu meiner Enttäuschung lieferte mir aber auch Sterchi keine neuen Fakten.

Dann stiess ich auf einen Text von Kathrin Utz Tremp mit dem Titel «Anna Seiler, eine Franziskanerbegine?», der im Buch «Berns mutige Zeit» publiziert worden ist. Um etwas mehr über Bern im 14. Jahrhundert zu erfahren, lieh ich mir diesen gegen 600 Seiten aufweisenden Wälzer aus.

Ausserdem fand ich zwei, im 20. Jahrhundert erschienene, mir bisher unbekannte Publikationen.

Bereits 1956 ist im Evangelischen Verlag in Zollikon «Anna Seiler: Die Begründerin des Inselspitals in Bern» publiziert worden. Gemäss dem Kurzbeschrieb hat der Autor Gottfried Hess, der während rund dreissig Jahren in Zollikofen als Lehrer tätig gewesen war, in dichterischer Form eine Romanbiographie verfasst.

Erst 1992 erschien im Volksverlag Elgg in Belp das von Clara Zürcher stammende Textbuch des berndeutschen Dramas «Anna Seiler: Zytbild i drei Ufzüg um d Gründig vom Inselspital z' Bärn». Die Autorin hatte aus dem von ihr anlässlich der 600-Jahr-Feier des Inselspitals 1954 für den Radioschulfunk geschriebenen Hörbild ein Bühnenstück geschaffen, das 1972 vom Berner Heimatschutz-Theater im 1967 gegründeten Theater am Käfigturm uraufgeführt wurde.

Statt mir die beiden Büchlein auszuleihen, wollte ich diese in der nächstgelegenen Buchhandlung bestellen. Der freundliche Angestellte fand das Textbuch von Clara Zürcher im elektronischen Verzeichnis sofort und erklärte mir, in zwei Tagen könne das Bestellte abgeholt werden. Für den Roman von Gottfried Hess empfahl mir der junge Mann, der offensichtlich den Namen Anna Seiler noch nie gehört hatte, ein antiquarisches Exemplar zu suchen.

Im dritten Buchantiquariat hatte ich Glück und erstand mir das gut erhaltene Büchlein zum Preis von neun Franken.

Im Zug nach Interlaken begann ich zu lesen, nickte dabei aber noch vor Thun ein und erwachte erst, als am Lautsprecher die Ankunft in Interlaken-West angekündigt wurde.

«Du hast dich überhaupt nicht verändert», schmeichelte mir meine Schwägerin Annemarie bei der herzlichen Begrüssung.
«Erwin hat noch eine Sitzung, wird aber bald da sein. Darf ich dir bis dahin einen Aperitif offerieren? Ich habe extra für dich eine Flasche Pastis besorgt.»
«Du hast mich überredet.»
«Riechst du, was auf dem Herd steht?»
«Dörrbohnen?»
«Erraten!»
«Das ist wirklich ein Volltreffer. Dörrbohnen habe ich schon lange nicht mehr gekriegt. In Frankreich gibt es die nicht.»

Mein Bruder Erwin schien sich über das Wiedersehen ehrlich zu freuen. Beim Essen erkundigte er sich nach Suzanne und ich erzählte von ihrem Kummer wegen des Verschwindens von Jürg.

«Wir waren von Anfang an skeptisch, haben uns aber nicht eingemischt. Sie hat ihn allein ausgewählt und muss nun auch selbst mit der neuen Situation fertig werden», bemerkte Erwin in einer Härte, die ich von ihm nicht gewohnt war.

Bereits bei meiner Ankunft hatte sich Annemarie beklagt, Erwin sei derzeit sehr beschäftigt und deshalb oft gereizt. Neben seiner Kaderfunktion bei der Firma Hamberger in Wimmis und dem Mandat im Grossen Gemeinderat sei er momentan dauernd als Vorstandsmitglied des Vereins «125 Jahre Interlaken» unterwegs.

Auf meine Nachfrage erklärte mir mein Bruder, mit 125 Events und einem Festdorf auf dem Des-Alpes-Areal werde im laufenden Jahr die vor 125 Jahren erfolgte Namensänderung gefeiert. Vorher habe die Gemeinde nämlich «Aarmühle» geheissen. Der Gemeinderat habe seinerzeit in seinem Gesuch an den Regierungsrat des Kantons Bern unter anderem darauf hingewiesen, die Gemeinde wolle den Namen des Klosters Interlaken übernehmen, denn auf Karten, in Reiseführern, bei den beiden Eisenbahnstationen und auf dem Poststempel würde schon längst der Name Interlaken anstelle von Aarmühle verwendet. Der zuständige Regierungsrat Friedrich Eggli habe daraufhin den amtierenden Regierungsstatthalter Jakob Ritschard um dessen Meinung befragt. Dieser habe jedoch die angebrachten Gründe als nicht stichhaltig bezeichnet, wahrscheinlich weil er ursprünglich aus dem Nachbardorf gestammt habe. Trotzdem sei schliesslich dem Gesuch stattgegeben worden.

Nach der Bernerplatte trug Annemarie eine Riesen-Meringue mit Vanilleglace und Rahm auf. «Früher sind wir regelmässig in den Kemmeriboden gefahren, um die bekannten Emmentaler Meringues zu kaufen. Seit einiger Zeit mache ich die jedoch selbst», berichtete sie stolz und verriet mir ihr Rezept, ohne dass ich danach gefragt hatte.

«Zuerst schlage ich zwei Eiweisse zusammen mit einer Prise Salz steif, bis der Eischnee fest und sehr glatt ist und beim Wenden der Schüssel nicht herausrutscht. Dann gebe ich sukzessive 100 Gramm Zucker bei und schlage die Masse weiter, bis der Eischnee glänzt. Mit einem Spritzsack forme ich dann auf dem Backblech acht Meringues, die ich im auf 80 Grad vorgeheizten Backofen während drei Stunden trocknen lasse, wobei ich mit einer Holzkelle dafür sorge, dass die Ofentüre einen Spalt breit offen bleibt.»

Beim Kaffee mit Kirsch wollten die beiden wissen, wie ich mich in der Provence eingelebt hätte. In groben Zügen schilderte ich die dramatischen Ereignisse und lud sie ein, mich doch einmal in Cucuron zu besuchen.

14
(1316)

Der Hausfriede an der Kilchgasse hing schief.

Dem Hausherrn war es bei der Angelegenheit alles andere als wohl. Wenn er nach Hause kam, verzog er sich in seine Studierstube, konnte sich aber nicht auf seine Arbeit konzentrieren. Er war überzeugt, richtig gehandelt zu haben, aber seine Tochter tat ihm unendlich leid. Immer wieder suchte er nach einer Lösung aus der verfahrenen Situation, fand aber keinen Ausweg.

Elisabeth versuchte ihrem Schwager so weit als möglich auszuweichen. Bisher waren sie sich in Erziehungsfragen meist einig gewesen oder hatten gemeinsam nach gangbaren Wegen gesucht. Jetzt standen sie plötzlich meilenweit voneinander entfernt. Ausserdem vermutete sie, Peter habe sie durchschaut und wisse, welche Rolle sie im Zusammenhang mit den geheimen Verabredungen gespielt hatte.

Anna war todunglücklich und untröstlich. Apathisch ging sie im Haus herum, schluchzte andauernd und blieb oft stundenlang in ihrer Kammer. Das Essen verweigerte sie fast vollständig, war bleich und bald einmal geschwächt und abgemagert. Nachts lag sie stundenlang wach in ihrem Bett und ihr Wunsch, als Nonne ins Kloster einzutreten, wurde von Tag zu Tag konkreter.

Elsa beobachtete Anna mit grosser Sorge und fühlte sich am Elend ihrer Freundin mitschuldig. Sie machte sich Vorwürfe und musste sich eingestehen, sie hätte wissen müssen, dass es so herauskommen würde.

«Hast du deine Tage gehabt?», fragte sie eines Abends Anna, nachdem sie bemerkt hatte, dass diese sich fast jeden Morgen übergeben hatte.
«Warum spionierst du mir nach?»
«Ich kann nicht tatenlos mit ansehen, wie du zu Grunde gehst. Überdies habe ich den Verdacht, du seist schwanger.»
«Lass mich in Ruhe!»
«Ich will wissen, ob meine Vermutung stimmt oder nicht. Vorher gebe ich keine Ruhe!»

Ein Woche später gab es keine Zweifel mehr.

«Das ist nicht so schlimm», meinte Elsa beruhigend, «das ist mir vor ein paar Jahren auch passiert.»
«Und wo ist jetzt dein Kind?»
«Ich habe es gar nicht ausgetragen!»
«Wie meinst du das?»
«Ich kenne eine weise Frau, die weiss, was in solchen Fällen zu tun ist. Sie erstellt zwei Mischungen aus wundersamen Kräutern, die sie von einem reisenden Kräutermann bezieht. Aus einer Mischung braut sie einen Trank, die andere Mischung verarbeitet sie mit Ziegentalg zu einer Paste, die du vom Sonnenauf- bis zum Sonnenuntergang in deiner Scheide lassen musst. Nach zwei oder drei Tagen lebt die Frucht in dir nicht mehr und wird verworfen.»
«Bist du von allen Sinnen verlassen? Meinen Geliebten hat man mir genommen, sein Kind aber will ich austragen!»

Noch in der gleichen Woche liess Peter ab Berg seine Tochter wiederum zu sich rufen. Anders als Anna es erwartet hatte, machte ihr der Vater keine Vorwürfe.
«Elisabeth hat mich über deinen Zustand informiert und mir mitgeteilt, du wollest zum werdenden Leben in deinem Bauch stehen. Auch wenn ich dir anders geraten hätte, will ich dir deinen Willen lassen», versicherte er. Nach einer längeren Pause erläuterte er ihr seinen Plan. So bald als möglich sollte sie auf die Alp Tärfeten im Diemtigtal gebracht werden, die im Besitz seines Freundes Heinrich Seiler war. Um die Sache vor Gott verantworten zu können, sei Heinrich Seiler auch bereit, sie noch vor der Niederkunft im Geheimen zu heiraten. Ein vertrauter und verschwiegener Geistlicher werde ihnen das Ehesakrament und später dem Kind das Taufsakrament spenden. Nach der Geburt komme das Kind für einige Zeit in die Obhut der Klosterfrauen in Interlaken.

«Du sollst dich anschliessend auf Tärfeten erholen und dir solange Zeit lassen, bis du im Klaren bist, wie es weitergehen soll. Du kannst dann entscheiden, ob du tatsächlich ins Kloster eintreten oder ob du mit Heinrich Seiler eine richtige Hochzeit feiern möchtest. Mein Freund wird keine Ansprüche erheben, wenn du nicht zu ihm ziehen willst.»

Ein orkanartiger Sturm ergriff Annas Gehirn und löste ein Wechselbad ihrer Gefühle aus. Sie wusste nicht mehr, wo ihr der Kopf stand. Einerseits ihre körperliche Schwäche, anderseits ein Funke Zukunftshoffnung führten zu einer tiefen Lethargie. Zum Zeichen des Einverständnisses nickte sie leicht.

Vater ab Berg atmete erleichtert auf und gewährte Anna den einzigen Wunsch, den sie vorbrachte: «Falls es ein Knabe wäre, sollte er wie sein Vater auf den Namen Johann getauft werden.»

15
(Juni 2016)

Bei meinem Besuch auf dem Zivilstandsamt Interlaken, das sich im ehemaligen Schloss hinter den beiden Kirchen befindet, wurde ich ganz und gar nicht mit offenen Armen empfangen. Ich hatte Beatrice Thöni, der Zivilstandsbeamtin, vorgeflunkert, ich hätte in Südfrankreich eine über 90-jährige Bürgerin namens Seiler aus Bönigen getroffen, die vor ihrem baldigen Ableben erfahren möchte, ob Heinrich Seiler, der Mann von Anna Seiler, der Gründerin des Inselspitals, aus Bönigen stamme.

Frau Thöni bestätigte, dass die Bürgerregister und Burgerrödel von Bönigen im Zivilstandsamt Interlaken aufbewahrt werden. Einsicht werde aber Privatpersonen nur gewährt, wenn diese ein unmittelbares und schutzwürdiges Interesse nachweisen könnten, was bei mir kaum der Fall sei.

So oder so sei kaum anzunehmen, dass mir die vorhandenen Register bei meinen Forschungen weiterhelfen würden, besänftigte mich die Beamtin, die wohl meinen Ärger erkannt hatte. Sie sei auch in Bönigen beheimatet und wisse, dass aus der Zeit vor 1833 keine Akten bestünden. Zudem sei die im Mittelalter verwendete spätgotische Handschrift ohne Spezialkenntnisse kaum zu entziffern.

«Dass Sie vergeblich aus Südfrankreich nach Interlaken gekommen sind, tut mir wirklich leid», versicherte mir die Frau, die mir plötzlich sympathisch geworden war, und fuhr fort: «Zufälligerweise habe ich eine kleine Broschüre über die Burgergemeinde Bönigen hier, die ich ihnen als Geschenk für die in der Provence lebende Bönigerin mit auf den Weg geben kann.»

Mit schlechtem Gewissen bedankte ich mich für die Aufmerksamkeit und versprach, ihre Grüsse der fiktiven Frau Seiler zu überbringen.

Auf dem Rückweg über die Alpenstrasse kam ich bei dem vor ein paar Jahren im umgebauten Amtshaus eröffneten Kunsthaus vorbei.

«Die Magie des Realen – Rudolf Häsler» prangte mit Grossbuchstaben auf dem Plakat, das meine Aufmerksamkeit gewann. Da es noch zu früh für das Nachtessen war, gab ich meiner Neugierde nach, bezahlte den bescheidenen Eintritt und besuchte die Ausstellung. Der ältere Mann an der Kasse zeigte seinen Stolz über den aus Interlaken stammenden Künstler mit internationalem Renommee, den man bewusst im Jubiläumsjahr «125 Jahre Interlaken» ehren wolle.

Ich hatte noch nie von diesem Maler gehört, dessen Bilder von einem akribischen Realismus geprägt sind. Der Künstler habe diesen Hyperrealismus anfangs der siebziger Jahre eigenständig entwickelt und seine Werke seien auf der ganzen Welt in öffentlichem und privatem

Besitz zu finden, entnahm ich den schriftlichen Informationen.

Mehr noch als seine Bilder faszinierte mich die Biografie von Rudolf Häsler. 1929 in Interlaken geboren, war er nach der obligatorischen Schulzeit und dem Lehrerseminar während einiger Jahre als Primarlehrer tätig. Daneben bildete er sich in Kursen und bei verschiedenen Studienreisen durch Europa und Nordafrika zum Maler aus. 1957 reiste er nach Kuba, wo er nach der Heirat mit María Dolores Soler aus Santiago de Cuba «hängen» blieb. Dabei erlebte er hautnah die Revolution und beteiligte sich aktiv am gesellschaftlichen Wandel. Er entwickelte ein Konzept zum Aufbau einer landesweiten Keramikindustrie, wurde zuerst Berater am Nationalinstitut für Kunstgewerbe in Havanna und 1960 dessen Direktor. Neben Ernesto Che Guevara, mit dem er regelmässig Kontakt hatte, war Häsler in dieser Zeit ranghöchster ausländischer Funktionär im kubanischen Staat. 1963 fiel er jedoch in Ungnade und wurde seines Postens enthoben. Sechs Jahre später verliess er mit seiner Familie Kuba und lebte bis zu seinem Tod im Jahre 1999 in Spanien.

Ich setzte mich vor einem der Havanna-Bilder auf einen Stuhl und liess meinen Gedanken freien Lauf. Rudolf Häsler musste mit einer inneren Zerrissenheit gelebt haben. Einerseits war er wohl von den Errungenschaften der Revolution begeistert, insbesondere vom Aufbau des Bildungssystems mit kostenloser Schule für alle und dem erfolgreichen Kampf gegen den Analphabetismus sowie von der garantierten medizinischen Versorgung, welche zur niedrigsten Säuglingssterblichkeit und der höchsten Lebenserwartung auf dem amerikanischen Kontinent führte. Anderseits missfielen ihm wohl das zunehmend totalitäre System, die bürokratische Planwirtschaft und der Personenkult um Fidel Castro.

«Wie hat er das Wirtschaftsembargo der USA und weiterer westlicher Staaten beurteilt? Wie war seine Haltung gegenüber der zunehmenden Annäherung des Regimes an die Sowjetunion? Wie hat er im Oktober 1962 die Konfrontation zwischen den USA und der UdSSR in der Kubakrise erlebt? Wusste er von der Stationierung sowjetischer Mittelstreckenraketen auf Kuba und der darauf folgenden Drohung des US-Präsidenten John F. Kennedy, Atomwaffen einzusetzen? War er sich bewusst, wie nahe damals die Gefahr eines Atomkrieges war?» Diese und ähnliche Fragen begleiteten mich auf dem Heimweg.

Bei meiner Rückkehr stand Annemarie in der Küche beim Vorbereiten des Nachtessens. Ich setzte mich in das Wohnzimmer und las die lokale JUNGFRAU-ZEITUNG. Plötzlich hörte ich, wie meine Schwägerin schmerzverzerrt schrie. Ich sprang auf. Annemarie hatte sich mit einem Fleischmesser in die Hand geschnitten. Die starke, pulsierende Blutung wies auf eine Arterienverletzung hin, die eine ärztliche Behandlung erforderte. Mit einem Küchentuch versuchte ich einen Druckverband anzulegen und fuhr Annemarie mit ihrem roten VW Golf ins Spital Interlaken.

In der Notaufnahme wurde die Verletzte auf eine fahrbare Bahre gelegt. Die junge Ärztin nähte die Wunde mit fünf Stichen zu. Zur Verminderung des Starrkrampfrisikos verabreichte sie zudem eine Tetanusimpfung.

Eine Stunde später konnten wir das Spital wieder verlassen. In der Tiefgarage stand neben unserem VW Golf ein weisser Citroën Berlingo mit französischem Nummernschild. Dem Provence-Wappen und der Nummer 84 im blauen Feld am rechten Rand des Kennzeichens entnahm ich, dass das Fahrzeug aus dem Departement Vaucluse stammte, in dem auch Cucuron liegt.

«Da hat wohl jemand in den Ferien Pech gehabt», dachte ich mir. Mit der Absicht, den Touristen meine Hilfe anzubieten, trat ich an den Wagen, in dem zwei Männer sassen. Statt die Autoscheibe hinunterzulassen, startete jedoch der Fahrer unverhofft und fuhr in hohem Tempo auf mich zu. Erst im letzten Moment erkannte ich die Gefahr und rettete mich mit einem Sprung zur Seite.

Nach Annemaries Missgeschick lud ich Schwägerin und Bruder zum Essen ins Restaurant WINEART an der Jungfraustrasse ein. Die beiden hatten spontan dieses Lokal vorgeschlagen, das in seiner Eigenwerbung mediterrane Gaumenfreuden verspricht.

Meine Gäste klärten mich auf, hier gebe es ein spezielles, monatlich wechselndes Fünf-Gang-Menü zum unschlagbaren Preis von 59 Franken. Obwohl Erwin ein Weinkenner ist, schlug er vor, auf das Studium der

Weinkarte zu verzichten und den Wirt für uns den Wein auslesen zu lassen.

Der aus dem Kosovo stammende Ardian Mala besitzt in seinem Heimatort Korenicë einen eigenen Weinberg. Der Weisswein, von dem er für uns zum Aperitif eine Flasche öffnete, wird in seinem Betrieb aus der weissen Traubensorte Greco di Tufo hergestellt.

«Ein Unglück kommt selten allein», stellte Erwin fest und fuhr fort: «Letzte Nacht ist ins Lagerhaus unserer Firma in Wimmis eingebrochen worden, dann schneidet sich Annemarie fast die Hand ab und schliesslich wird mein Bruder Robert beinahe über den Haufen gefahren. Das reicht. Denken wir nicht mehr daran. Lasst uns anstossen und den Abend geniessen!»

Der fruchtige Weisse passte bestens zu der in Chiliöl gebratenen Riesenkrevette mit Kartoffel-Chorizo-Salat und zum anschliessenden Fenchel-Carpaccio mit Serrano-Schinken.

Zum Hauptgang wurden Rindsfiletwürfel serviert, die mit dem aus der japanischen Küche stammenden, aus Weissbrot ohne Kruste hergestellten Panko-Mehl paniert worden waren. Die helle Kruste dieser Panade bildete zusammen mit dem Safranrisotto und den Zucchini eine regelrechte Augenweide.

Dazu öffnete uns der liebenswürdige Winzerwirt auf unseren ausdrücklichen Wunsch einen Roten aus seinem Weingut, nachdem er uns erzählt hatte, er würde dort auch einen Wein aus der vom Aussterben bedrohten einheimischen Traubensorte Sheshi i Zi gewinnen.

Weil die Portionen der einzelnen Gänge eine vernünftige Grösse aufwiesen, konnte selbst meine Schwägerin das Dessertdreierlei geniessen, das aus Tiramisu, Tobleronemousse und Früchtegarnitur bestand.

Auf dem Heimweg wurde mir schlagartig klar, warum ich während des Essens dauernd am unerklärlichen Verhalten der beiden Franzosen im Spital gegrübelt hatte. Ich war mir plötzlich sicher, den Fahrer schon einmal getroffen zu haben, ich wusste nur nicht mehr, bei welcher Gelegenheit.

Nun ärgerte ich mich, dass ich mir die Autonummer nicht gemerkt hatte. Einzig die beiden ersten Buchstaben DH waren mir geblieben, weil mich diese an den fälligen Besuch bei der Dentalhygienikerin erinnert hatten.

16
(1316)

Berta und Ulrich Seiler, die zusammen mit ihren fünf Kindern die Tärfeten bewirtschafteten, waren herzensgute Leute. Heinrich Seiler hatte ihnen die Alp vor Jahren überlassen und angesichts der Kinderschar auf den üblichen Jahreszins von 24 Zieger und dem entsprechenden Anken verzichtet. Er hatte seinem Freund Peter ab Berg die Alp im Diemtigtal nicht nur wegen der Abgeschiedenheit für den Aufenthalt von Anna vorgeschlagen, sondern auch weil er sich auf die Verschwiegenheit seiner entfernten Verwandten verlassen konnte.

An einem Sonntag war Heinrich zusammen mit dem eingeweihten Geistlichen zu Besuch gekommen, um ohne Brimborium wie geplant die Ehe einzusegnen. Anna hatte die Zeremonie teilnahmslos über sich ergehen lassen und dabei andauernd an ihren Johann gedacht.

Schon nach kurzer Zeit fühlte sich Anna auf Tärfeten zuhause. Dank der ländlichen Kost und dem bekömmlichen Klima kam sie bald wieder zu Kräften und half Berta in der Küche und im Garten oder schaute zu den Kindern. Gelegentlich wagte sich Anna auch auf kleinere Wanderungen und einmal an einem schönen Sommertag sogar bis auf den Turnen, den höchsten Punkt in der Gegend. Sie war von der fantastischen Aussicht tief beeindruckt und begeistert.

Berta hatte ihr erklärt, vom Turnen sehe man bis ins Welschland und Anna stellte sich vor, dort irgendwo müsse jetzt Johann sein. Ihr wurde ganz warm ums Herz und sie wurde traurig. Nicht nur die Abwesenheit ihres Liebsten bedrückte sie, sondern vor allem der Umstand, dass dieser nichts vom gemeinsamen Kind wusste, das in ihrem Leib heranwuchs.

Wenn sie nachts im Heu auf dem Nachtlager lag, das sie mit Berta, Peter und den Kindern teilte, stellte sie sich vor, wie sie später einmal mit Johann und dem Kind zurück nach Tärfeten kommen würde, um sich für die grosse Gastfreundschaft zu bedanken. Sie war dabei fest überzeugt, dass sie einen Knaben unter dem Herzen trug.

Berta mahnte die werdende Mutter immer wieder, zum Wohle des Kindes müsse Gram und Ärger möglichst vermieden werden. Wichtig seien auch viel Ruhe und Schlaf. Vor dem Schlafengehen braute Berta deshalb jeweils aus Johanniskraut einen Trank, der ihr helfen sollte, den Schlaf zu finden. Ausserdem achtete sie darauf, dass Anna nichts Schwerverdauliches ass und auf scharfe Speisen verzichtete.

Die fünffache Mutter hatte ein gutes Auge und wusste, wann der Tag der Geburt nahte. Rechtzeitig stieg sie mit Anna hinab zu ihrer Schwester auf die Vorsass Gelberg. Hier wurde eine Kammer für die Niederkunft vorbereitet. Bottich, Krug, Kupferbecken und Pinsel sowie Nähzeug wurden bereitgestellt.

Sobald die ersten Wehen eintraten, wurde Anna gebadet. Um die Schmerzen besser zu ertragen, bekam sie eine kräftige Suppe. Die beiden Frauen redeten ihr gut zu und hielten sie an den Händen.

Nachdem der Kopf des Säuglings das Tageslicht erblickt hatte, zogen sie diesen gemeinsam aus Annas Leib.

Die Nabelschnur wurde mit Nadel und Faden abgebunden und ein mit Öl getränkter Verband aus Leinenstreifen angelegt. Augen, Nase und Ohren wurden mit dem Ölpinsel gereinigt. Dann wurde das Neugeborene gebadet. Erst jetzt bekam Anna ihr Kind zu Gesicht: ein Knabe!

Noch in der gleichen Nacht wurde der Geistliche gerufen, um die Taufe vorzunehmen.

17
(Juni 2016)

Unter dem prickelnden Wasser der Dusche liebkosten sie sich. Zum ersten Mal standen sich die 26-jährige Sonja und der fünf Jahre jüngere Pascal nackt gegenüber.

Erst vor zwei Monaten hatten sie sich an einem Freitag im Zug kennen gelernt. Wie jeden Abend hatte sich Sonja im stets überfüllten InterCity 826, der Zürich um 17:02 Uhr verliess, in den Speisewagen gesetzt. Bei einem Glas «Prosecco Spumante DOC Treviso» konnte die junge Anwältin problemlos von der Arbeit in der Anwaltskanzlei abschalten und sich auf den Abend in ihrer Altstadtwohnung an der Herrengasse in Bern freuen.

Pascal war auf der Heimreise aus dem Militärdienst gewesen und hatte sich ein Hefeweissbier aus der bayrischen Brauerei Schneider geleistet.

Kurz vor Bern hatten sie die Handy-Nummern ausgetauscht und sich für Samstagabend verabredet. Von da an hatten sie sich alle paar Tage getroffen und als Pascal erzählt hatte, sein Studienfreund sei wegen eines Autounfalls verhindert, ihn in die Provence zu begleiten, hatte sich Sonja spontan entschieden, an dessen Stelle mit in den Süden zu reisen.

Um 10:34 Uhr hatten sie in Bern den InterCity 712 Richtung Genf bestiegen und dort in den TGV 9756 gewechselt, der den in echt französischer Grosszügigkeit renovierten Bahnhof Marseille-Saint-Charles pünktlich um 16:18 Uhr erreicht hatte. Eine Mitreisende hatte behauptet, seit der Inbetriebnahme der Schnellfahrstrecke «Ligne à grande vitesse Méditerranée», welche die Fahrzeit von Paris nach Marseille auf drei Stunden verkürzt habe, sei die Zahl der Reisenden, die in Marseille ein- und ausstiegen, rasant auf gegen 20 Millionen angestiegen.

Vor der Abfahrt mit dem Train Express Régional 80618 Richtung Pertuis waren sie auf die imposante Bahnhofterrasse hinausgetreten, um einen Blick auf die zweitgrösste Stadt Frankreichs zu erhaschen, die mit über 850 000 Einwohnerinnen und Einwohnern gleichzeitig Hauptstadt des Départements Bouches-du-Rhône und der Region Provence-Alpes-Côte d'Azur PACA ist.

Die letzte Strecke von Pertuis nach Cucuron hatten sie in einem Bus von TransVaucluse zurückgelegt. Sie waren die einzigen Fahrgäste gewesen. Der mitteilsame Chauffeur hatte sich wie ein Reiseführer benommen und ungefragt diese und jene Information abgesetzt. Unter anderem hatten sie vernommen, der 10 km lange Bahnanschluss von Meyrargues nach Pertuis sei 1975 stillgelegt und erst 2001 im Rahmen der Förderung des öffentlichen Verkehrs durch die damals noch linke Mehrheit im Regionalrat wieder in Betrieb genommen worden. Zu verdanken sei dies in erster Linie einem Mann gewesen, nämlich Jean-Louis Joseph, dem langjährigen Maire von La Bastidonne und Vizepräsidenten der Region PACA. Während mehr als 25 Jahren sei der Bahnhof in Pertuis ein Kuriosum gewesen, hätten dort doch Fahrkarten und Abonnemente gekauft werden können, obwohl keine Züge verkehrten.

Nach der Ankunft in Cucuron hatten sie im Dorf eine Baguette, Butter und Schinken eingekauft. In der «Cave coopérative» wollten sie noch eine Flasche Wein besorgen. Gaël Gilbert, die kompetente Verkäuferin, hatte das verliebte Paar zu einer kleinen Degustation eingeladen und ihnen erklärt, der Betrieb unter dem Namen «Louérion Terres d'Alliance» sei das Ergebnis eines Zusammenschlusses der Weinkooperativen von Lourmarin, Cadenet, Lauris und Cucuron. Schliesslich hatten sie ein Dreierkarton «Fief» mit je einer Flasche Rotem, Weissem und Rosé zum Haus getragen, das Pascal von Robert Schneider zur Benutzung überlassen worden war.

Nach dem Essen und der erfrischenden Dusche konnten sie es kaum erwarten, ins Bett zu schlüpfen. Pascal war sexuell noch ziemlich unerfahren und überliess die Initiative weitgehend seiner Geliebten. Sie nahmen sich Zeit.

Gegen Morgen erwachte Sonja. Sie waren immer noch eng umschlungen. Sonja hatte geträumt, sie hätten sich in einem Kornfeld geliebt. Plötzlich war das Korn in Flammen gestanden und sie hatten verzweifelt einen Ausweg aus der brennenden Hölle gesucht.

Noch schlaftrunken bildete sie sich ein, den Rauch zu riechen. Sachte stützte sie sich auf und stellte erschrocken fest, dass das Schlafzimmer tatsächlich raucherfüllt war. In panischer Angst wollte sie Pascal wecken, der jedoch apathisch auf dem Rücken lag und sich nicht bewegte.

«Pascal», schrie sie ihn an, «es brennt, wir müssen hier hinaus!» Sie stiess den bleiernen Körper aus dem Bett. Beim Versuch aufzustehen, bemerkte sie, dass der Rauch gegen oben immer dichter wurde. Sie legte sich auf den Boden, wo das Atmen leichter war, kroch zur Zimmertüre und zog Pascal hinter sich her über den Parkettboden. Als es ihr endlich gelang, die Türe zu öffnen, schlugen ihr hohe Flammen und eine unerträgliche Hitze entgegen.

«Pascal, ich liebe dich!», waren ihre letzten Worte.

18
(1316)

Der Neugeborene wurde als unerwünschtes Kind der Berta und des Ulrich Seiler dem Kloster Interlaken übergeben. Johans, wie der Geistliche Annas Sohn irrtümlicherweise getauft hatte, war nicht das einzige Kind im Frauenkonvent des Doppelklosters Interlaken.

Die Priorin hatte längst entdeckt, dass nicht nur mit der standesgemässen Versorgung unverheirateter Töchter von Adeligen und Notablen Geld zu machen war, sondern auch mit der Aufnahme unerwünschter Kinder. Dabei handelte es sich oft um Bastarde, also unehelich oder ausserehelich gezeugte Kinder, die sowohl einer Abtreibung als auch der Kindstötung entgangen waren.

Die Augustiner-Chorherren des benachbarten Männerkonvents, die mit Neid und Missgunst beobachtet hatten, wie das Frauenkloster immer grösser und reicher geworden war, hatten die Priorin schliesslich dazu gebracht, nebst den Nachkommen wohlhabender Leute auch Säuglinge aufzunehmen, bei denen nichts zu verdienen war, weil deren Mütter, meist Mägde oder Prostituierte, mittellos waren.

So war im Laufe der Zeit ein Findelhaus entstanden, in welchem stets zwanzig bis dreissig Kinder von einem Teil der über dreihundert Nonnen versorgt wurden. In Anlehnung auf den Stall zu Bethlehem wurde der grosse Raum, in welchem die Kinder wohnten, nicht Findelhaus, sondern Jesus-Krippe genannt.

Mädchen und Knaben trugen einheitliche Kleidung, waren kaum voneinander zu unterscheiden und wurden alle gleich behandelt und von Mönchen unterrichtet. Schon früh wurde den Kindern beigebracht, was ein gottgefälliges Leben bedeutete. Vom vierten Altersjahr an wurden sie dann in Lesen und Schreiben unterrichtet und lernten die lateinischen Gebete verstehen.

Der Dienst in der Jesus-Krippe war besonders bei den jungen Novizinnen beliebt, die das ewige Gelübde noch nicht abgelegt hatten. Sie konnten so ein wenig dem strengen Klosteralltag entgehen, der nach dem Motto «Ora et labora» einem strengen Tagesablauf unterlag und aus acht Stunden Arbeit und acht Stunden Beten bestand. In der freien Stunde jedoch, die den Nonnen und Mönchen täglich gewährt wurde, bot sich den Novizinnen des Findelhauses ab und zu ein verbotenes Schäferstündchen mit einem der Lehrer.

Spätestens im achten Altersjahr mussten die Kinder das Findelhaus verlassen. Wenn weder Mutter noch Vater das Kind zu sich nehmen konnte oder wollte und dieses nicht als Nonne oder Mönch im Kloster bleiben wollte, kam es als Magd oder Knecht zu einem Bauern in der näheren Umgebung des Klosters.

19
(Juni 2016)

Eigentlich hatte ich die Absicht gehabt, auf der Fahrt nach Bern nochmals zu versuchen, mich daran zu erinnern, woher ich den Typ im französischen Auto gekannt hatte, der mich im Spital Interlaken fast über den Haufen gefahren hätte.

In Därligen setzte sich jedoch ein Mädchen zu mir ins Abteil und zwang mich, meinen Vorsatz zu vergessen. Sie war zwar kaum zwanzig Jahre alt, sah aber mit ihrer Frisur und Kleidung ähnlich aus wie die alte Jungfer, zu der ich seinerzeit in die Sonntagsschule gegangen war. Kaum abgesessen, begann sie den heutigen Zustand der Gesellschaft zu beklagen. Insbesondere die Ausschreitungen der Fussballfans am Rande der Europameisterschaft schienen sie zu beschäftigen. Sie war überzeugt, Fernsehen, Alkohol und Drogen seien daran schuld, dass diese jungen Männer vom richtigen Weg abgekommen seien.

«Wie kann unser Gott das nur zulassen?», wollte sie von mir wissen.
«Da müssen sie ihren Gott wohl selbst fragen.»
«Glauben sie denn nicht an Gott?»
«Eigentlich nicht.»
«Sind sie Atheist?»
«Eher ein Kirchensteuer zahlender Agnostiker.»

«Was ist das?»
«Agnostiker bezweifeln, dass es göttliche Wesen, Engel und Geister gibt, sind sich aber bewusst, dass sich weder deren Existenz noch Nichtexistenz beweisen lässt.»

Die offensichtlich gläubige Christin verabschiedete sich in Spiez mit dem Hinweis, sie wohne in Adelboden.

«Aha», dachte ich, «Adelboden scheint also immer noch ein guter Boden für Sekten und allerlei Freikirchen zu sein.»

Meine erhoffte Ruhe wurde auf der Stelle erneut gestört. Zwei ältere Ehepaare in Wanderbekleidungen trampelten ins Abteil neben mir. Die beiden Männer hatten anscheinend eins über den Durst getrunken, palaverten lauthals dahin, kritisierten Preise und Bedienung im Bergrestaurant und beklagten, keinen Platz mehr im Speisewagen gefunden zu haben.

Die beiden Frauen hatten sich bis zur Einfahrt in Bern kaum am Gespräch beteiligt, um dann beim Anblick der Reithalle um so energischer ihrem Unmut Nachdruck zu verleihen und die Forderungen ihrer Männer nach Abreissen und Anzünden lebhaft zu unterstützen.

Ich beobachtete den jungen Mann, der in Thun eingestiegen war und in meinem Abteil sass. Er schien sich gewaltig zu ärgern und man sah ihm an, wie er mit sich rang, bis ihm der Kragen platzte.

«Sie haben ja keine Ahnung! Die Reithalle ist ein populärer Treffpunkt mit einem weitherum anerkannten kulturellen Angebot und das Restaurant SOUS-LE-PONT ist übrigens ein Geheimtipp», versuchte er das polternde Quartett zurechtzuweisen.

«Nein, das ist eine Drogen- und Krawallhöhle. Diese Tagediebe und Faulenzer meinen, sie müssten sich nicht an die Gesetze halten», entgegnete der Wortführer, der mich an den Billigen Jakob erinnerte, der früher an Jahrmärkten anzutreffen war.

«Der Vorplatz ist für die Jungen wichtig, weil es in der Stadt Bern der einzige Ort ohne Konsumzwang ist. Dass dort auch mit Drogen gehandelt wird und Schlägereien vorkommen, ist kaum zu vermeiden und nicht der IKUR anzulasten, welche die Reithalle in vorbildlicher Art und Weise betreibt. Die Verantwortung liegt eher bei der Stadt, weil sie die Drogenszene aus der Innenstadt verdrängt hat. Würde Cannabis legalisiert, hätten wir weniger Probleme.»

«Drogen legalisieren? Das fehlt gerade noch, dabei ist erwiesen, dass Haschisch eine gefährliche Einstiegsdroge ist. Aber eben: Wenn die Polizei ihrer Pflicht nachkommen will, wird sie von diesem Pack behindert und angegriffen!»

«Zum Glück haben nicht alle Leute solch unhaltbare Vorurteile wie Sie! Die Mehrheit der Einwohnerinnen und Einwohner der Stadt Bern wissen den Wert dieses Kulturzentrums zu schätzen und sind sich bewusst,

dass die Reithalle dabei Sozialarbeit leistet, die eigentlich die Stadt erbringen müsste. Die Stimmbürgerinnen und Stimmbürger haben denn auch bereits in fünf Volksabstimmungen JA zur Reithalle und NEIN zu verschiedenen Schliessungsforderungen gesagt.»
«Das ist nicht weiter verwunderlich. Die vernünftigen und anständigen Menschen haben die Stadt Bern längst verlassen. Heute tanzt die Stadt nach den Pfeifen der Roten und Grünen, die uns das Autofahren verbieten, sinnvolle Bauvorhaben verhindern und der Polizei die Hände binden!»

In Bern verliess ich den Zug verärgert und kam mir ein wenig schäbig vor, weil ich zu feige gewesen war, mich einzumischen.

Um die Rückkehr zu Suzanne noch ein wenig zu verzögern, ging ich ins RESTAURANT DES PYRÉNÉESS, ass eine Käseschnitte, trank ein paar Gläser Epesses und kam mit zwei jungen Gästen ins Gespräch.

Sie wollten von mir wissen, ob ich auch der Meinung sei, unsere Nati hätte es verdient gehabt, an der EURO in Frankreich mindestens in den Viertelfinal, wenn nicht noch weiter, zu kommen. Ich tat, als ob ich keinen blassen Schimmer von Fussball hätte. Die beiden schienen richtig Mitleid mit mir zu haben und versuchten eifrig, mich auf den neusten Stand zu bringen. Die Schweiz sei bis in den Achtelfinal vorgerückt, habe dann aber gegen Polen im Penaltyschiessen unglücklich verloren. Damit sei eine einmalige Chance verpasst worden, denn die «Nati» sei seit Jahrzehnten nie mehr so stark gewesen wie jetzt, und wegen des günstigen Spielplans wären «unsere Jungs» erst im Final auf einen wirklich starken Gegner gestossen.

«Aber den Albanern haben wir es gezeigt!», versuchte der Blonde sich oder womöglich mich zu trösten. «Das sind doch alles faule Kerle!», schob der Glatzköpfige nach.

Auf meine Frage, wie er zu dieser Erkenntnis gekommen sei, behauptete er, im BLICK sei gestanden, in der Schweiz würden rund 200 000 Albaner leben. «Die werden mit unseren Steuergeldern gefüttert, handeln mit Drogen, vergewaltigen unsere Weiber und werden von den linken Genossen verhätschelt. Dabei sollte man diese Vaganten und Halsaufschlitzer alle hinauswerfen!», ereiferte er sich. «Genau!», wurde er von seinem Kumpel unterstützt, «und dann sollte man die Schweizer Grenzen schliessen, wie das der ehemalige SVP-Bundesrat Blocher schon lange fordert!»

Statt zu bezahlen und mich davonzumachen, hatte ich mich in die Diskussion eingelassen und mich bemüht, sachlich zu argumentieren. Mein Hinweis, dass derzeit weltweit 65 Millionen Menschen auf der Flucht seien und die Schweiz bisher nur am Rand von dieser Flüchtlingswelle betroffen gewesen sei, interessierte die beiden so wenig wie der Einwand, die in der Schweiz lebenden Albaner seien zum grössten Teil bei uns integriert.

Ich entschied mich für eine andere Strategie und überrumpelte die angeblichen Fussballspezialisten mit der

Feststellung, unsere derzeitige Nationalmannschaft wäre ohne die albanischstämmigen Spieler kaum an der EURO. «Valon Behrami, Xherdan Shaqiri, Granit Xhaka, Blerim Dzemaili, Pajtim Kasami und Admir Mehmedi haben alle albanische Wurzeln!», trumpfte ich mit meinen profunden Kenntnissen auf.
«Das sind Schweizer. Das hat nichts mit Politik zu tun!», konterte der Blonde nach einer Kunstpause ohne auf meinen Einwand einzugehen und schob nach: «Wir müssen eben zwischen den guten und den schlechten Ausländern unterscheiden!»

Mit der Forderung, wir sollten sowieso viel mehr für uns selber schauen und nicht immer nach der Pfeife der EU tanzen, suchte der Glatzkopf einen Themenwechsel.

Erneut ging ich ihm auf den Leim und belehrte ihn, dass wir wirtschaftlich auf Europa angewiesen seien, weil 55 Prozent unserer Exporte in die EU gingen. «Papperlapapp! Die Schweiz ist alleine stark genug, das haben schon die alten Eidgenossen bewiesen. Die EU wird so oder so bald am Boden liegen. Nach den Engländern wird ein Land nach dem andern die EU verlassen», musste ich mir noch sagen lassen, bevor ich davoneilte, um den letzten Bus nach Ostermundigen zu erreichen.

20
(1317)

Eines Morgens traf ein Bote aus Bern auf der Alp Tärfeten ein und teilte mit, Tante Elisabeth liege krank im Bett und wünsche Anna zu sehen. In aller Eile packte sie ihre Sachen zusammen und verabschiedete sich von Berta, Ulrich und den Kindern. Nicht nur die Kinder und Frauen weinten, auch Vater Seiler hatte Anna ins Herz geschlossen und liess seinen Tränen freien Lauf.

Elsa sass am Bett der Kranken.

«Begonnen hat die Krankheit vor zwei Wochen mit Erbrechen und Schüttelfrost», berichtete die Magd. «Dann fieberte deine Tante mehrere Tage, bis wir den Bader kommen liessen, der zuerst ein Klistier und zwei Tage danach einen Aderlass vorgenommen hat. Die Besserung war aber nur von kurzer Dauer. Seit gestern wirft die Arme ständig Blut aus!»
«Und wo ist mein Vater?»
«Den sehe ich nur noch selten, seit du weggegangen bist. Der Herr ist nicht mehr der Gleiche. Wenn er nicht im Rathaus ist, sitzt er stundenlang in seiner Studierstube. Auf Reisen ist er nicht mehr gegangen. Am Esstisch starrt er schweigsam in eine Ecke.»
«Aber er kümmert sich doch um Elisabeth?»
«Anfänglich hat er die Krankheit nicht ernst genommen. Aber heute Morgen hat er den Boten ins Kloster Trub geschickt. Dort soll ein Benediktiner leben, der schon vielen kranken Menschen geholfen habe.»

Am Abend traf Bruder Bernhard an der Kilchgasse ein und wurde zu Elisabeth geführt. Zuerst legte er seine Hände auf deren Stirne, Brust und Bauch, dann untersuchte er ihre Körperöffnungen. Er hatte mehrere Säcklein mit wohlduftenden Kräutern mitgebracht, wies Elsa an, kühlende Dillumschläge zu machen und legte der Kranken Schafgarbe auf Stirne und Brust. Schliesslich verabreichte er eine Mischung aus Muskatnuss, Wacholder und Lorbeeröl.

«Jetzt können wir nur noch hoffen und beten», flüsterte er und las aus dem Psalter mehrere lateinische Gebete, welche die Anwesenden zwar nicht verstanden, aber auf das Zeichen des Mönchs jeweils mit «Amen» und «Wir bitten dich, erhöre uns» quittierten.

Anna hatte Elsa aufgefordert, schlafen zu gehen und versprochen, mit Bruder Bernhard am Krankenlager zu bleiben.

«Wird sie überleben?»
«Das liegt allein in Gottes Händen, wir sind nur seine Werkzeuge.»
«Warum ist sie krank geworden?»
«Fast jede Krankheit ist auf ein Ungleichgewicht der vier Körpersäfte Blut, Schleim sowie gelbe und schwarze Galle zurückzuführen. Wahrscheinlich wurde ihr Blut mit erhitzter Fäule entzündet. Durch Klistier und Aderlass sind die überflüssigen und ungesunden Säfte bereits entzogen worden. Mit den Kräutern versuche ich nun das nötige Gleichgewicht der Körpersäfte wieder herzustellen.»
«Wer hat euch das alles beigebracht?»
«Gemäss unserer Ordensregel ist die Krankenpflege unsere wichtigste Aufgabe. Um den Menschen helfen zu können, geben wir

unsere Erfahrungen weiter und studieren die nützlichen Schriften.»
«Welche Schriften?»
«An erster Stelle steht für uns die Abhandlung von Hildegard von Bingen, der Begründerin des Klosters Rupertsberg am Rhein.»
«Eine Frau?»
«Ja, eine aussergewöhnliche Frau, der wir einen grossen Teil unseres Wissens über die Heilkräuter verdanken.»

Plötzlich öffnete Elisabeth die Augen und erblickte Anna. Sie wollte etwas sagen, doch die Stimme versagte ihr. Wieder erbrach sie Blut. Anna schaute den Benediktiner hilfesuchend an, sah ihm aber an, dass er die Hoffnung aufgegeben hatte.

Unaufgefordert spendete er der Kranken die Sterbesakramente und sprach ihr Mut zu. In diesem Moment betrat Peter ab Berg den Raum. Gemeinsam begleiteten sie Elisabeth beim Aufgang der Sonne auf den letzten Weg.

21
(Juni 2016)

Draussen war es noch stockfinster. Ich wusste im ersten Moment nicht, warum ich aufgewacht war. Nach ein paar Sekunden wurde mir endlich bewusst, dass mein Handy klingelte.

Nach der Fahrt mit dem Bus Nummer 10 hatte ich in Ostermundigen noch einen kurzen Spaziergang unternommen, um mich von der hitzigen Diskussion im PYRI und dem Epesses, der mir in den Kopf gestiegen war, abzukühlen. Ohne Suzanne zu wecken, war ich in mein Zimmer geschlichen und sofort eingeschlafen.

Ich tastete mich zum Stuhl, auf dem ich meine Kleider abgelegt hatte, und suchte in der Jackentasche das vermaledeite Telefon.

«Ta maison brûle!», schrie Aurore in mein Ohr. Augenblicklich war ich hellwach. In wenigen Sätzen schilderte mir die Taxichauffeuse, wie sie nach Cucuron gefahren sei, um einen Gast abzuholen, der frühmorgens vom Flughafen Marseille in Marignane abfliegen wollte. Bei der Anfahrt aus Ansouis habe sie schon von Weitem die hohen Flammen in den Nachthimmel züngeln gesehen und bald einmal mit Schrecken feststellen müssen, welches Haus in Brand gestanden sei. Ich müsse sofort herkommen.

«Wenn du um 06:04 Uhr in Bern den Zug nach Basel erreichen könntest, wärest du um 12:31 Uhr in Aix-en-Provence. Ich könnte dich am TGV-Bahnhof abholen und nach Cucuron fahren.»
«Das wird knapp, aber ich versuche es.»
«Ruf mich an, wenn du im TGV bist.»

In aller Eile packte ich meine Sachen zusammen und zog meine Kleider vom Vortag an.

Suzanne stand halbnackt im Wohnzimmer und sah mich fragend an.

«Mein Haus brennt, ich muss sofort nach Cucuron. Kannst du mir ein Taxi bestellen, das mich zum Bahnhof Bern fährt?»
«Ich fahre dich.»

Im Nu war sie in ihren Trainingsanzug geschlüpft und wir eilten die Treppe hinunter. Auf der Fahrt gab ich die minimalen Informationen weiter, die ich von Aurore erhalten hatte. Suzanne hörte mit besorgter Miene zu. Im Stillen dankte ich ihr, dass sie sich jeglichen Kommentars enthielt. Unnötigerweise befürchtete ich, sie würde auf unsere Auseinandersetzung zurückkommen und mir erneut vorwerfen, es sei fahrlässig gewesen, mein Haus den beiden Studenten zur Verfügung zu stellen.

Obwohl ich übernächtigt war und mich todmüde fühlte, konnte ich während der Reise in die Provence kein Auge zutun. Natürlich machte ich mir Vorwürfe und musste mir eingestehen, unvorsichtig gehandelt zu haben. Tatsächlich wusste ich von Pascal Wüthrich nur gerade, dass er an der Uni Bern Biologie studierte und kürzlich zum Sekretär des Fischereivereins Schwellenmätteli gewählt worden war. Weder hatte ich von ihm eine Telefonnummer noch kannte ich seine Adresse. Von seinem Kollegen wusste ich nicht einmal den Namen. Ich versuchte mir vorzustellen, was in Cucuron passiert sein könnte. «Hatten sie wohl trotz meines ausdrücklichen Verbotes geraucht?»

Aurore nahm mich in Aix ebenso wortlos und mit einer ähnlich tröstenden Umarmung in Empfang, wie mich Suzanne in Bern verabschiedet hatte.

Auch im Taxi schwirrten die Gedanken in meinem Kopf herum wie die Bienen in ihrem Korb. Plötzlich befiel mich eine schreckliche Ahnung: Im Frühling hatte ich verschiedentlich beobachtet, dass Martinets im Kamin zu nisten versucht hatten. Um das Runterfallen des von diesen schwalbenähnlichen Vögeln gelösten Russes zu verhindern, hatte ich daraufhin den Kamin mit alten Zeitungen zugestopft. «Hatten die beiden Burschen vielleicht versucht, das Cheminée einzufeuern und so den Brand ausgelöst?», fragte ich mich bange und befürchtete, am Brand mitschuldig zu sein.

Erst kurz bevor wir Cucuron erreichten, brach Aurore das Schweigen. Nach unserem Telefongespräch sei sie nochmals nach Cucuron gefahren, um mehr zu erfahren. Mein Terrain sei weiträumig abgesperrt gewesen und vor dem Haus seien nicht nur Fahrzeuge der Sapeurs-Pompiers gestanden, sondern auch solche der Gendarmerie. Unter den zahlreichen Schaulustigen sei gemunkelt worden, zwei Personen seien in Krankenwagen abtransportiert worden, allerdings habe niemand sagen können, ob es sich dabei um Hausbewohner oder um Feuerwehrleute gehandelt habe.

Bei unserer Ankunft schien das Feuer gelöscht zu sein, aus dem Innern stieg jedoch immer noch Rauch auf. Das Dach war eingebrochen.

Die beiden kommunalen Polizeibeamten, Garde champêtre Frédéric Dubois und der Agent de Surveillance de la Voie Publique Christopher Davo, sorgten dafür, dass die mit rot-weissen Plastikbändern markierte Abschrankung beachtet wurde. Mit steinernen Mienen wurde ich von den beiden üblicherweise netten und zu einem Spass aufgelegten Ordnungshütern begrüsst. Sie erklärten mir, das Zutrittsverbot gelte auch für mich. Offensichtlich hatten sie mein Kommen bereits weitergeleitet. Jedenfalls erschien bald einmal ein streng dreinblickender Gendarm und forderte mich auf, ihm in den blauen Kastenwagen zu folgen.

Auf dem Posten in Cadenet, wohin mich der Gendarm gefahren hatte, liess man mich über eine Stunde warten. Es handle sich um eine reine Routinesache, war mir versichert worden, aber als Eigentümer des Brandobjektes müsse ich zuhanden der Akten ein paar Angaben machen.

Endlich wurde ich in ein Büro geführt, wo mich zwei unnahbar wirkende Polizeibeamte mit frostigen Blicken erwarteten. Der Ältere war in Zivilkleidung, der Jüngere trug die Uniform der Gendarmerie. Sie nannten ihre Namen und Funktionen, die ich aber nicht einordnen konnte.

«Wie geht es meinen Besuchern, die anscheinend beim Brand im Haus waren?», wollte ich wissen.
«Hier stellen wir und nicht Sie die Fragen!», wurde ich angeschnauzt.

Nachdem ich meine detaillierten Personalien bekannt gegeben hatte, folgte unerwartet wie ein direkter Angriff die Frage: «Wo haben sie die letzte Nacht verbracht?» Wahrheitsgemäss schildere ich meinen Besuch in Bern und Ostermundigen. Zwecks Überprüfung forderten sie exakte Zeitangaben, Namen und Adressen. Dass ich die Namen der Typen nicht nennen konnte, mit denen ich mich im PYRI in eine Diskussion eingelassen hatte, schien die beiden stutzig zu machen. Irgendwie fühlte ich, dass sie mir misstrauten.

«Und wer war letzte Nacht in ihrem Haus?» Mir war bewusst, dass ich mit meinen unvollständigen Angaben nicht gerade an Glaubwürdigkeit gewinnen konnte.

«Die beiden Leichen wurden zur Obduktion nach Marseille gebracht!»

Mir wurde kotzübel. Ich hatte mich an die Hoffnung gekrallt, die Jungen hätten das Haus rechtzeitig verlassen können oder höchstens eine leichte Rauchvergiftung erlitten. Ich hatte mich innerlich geweigert, das Schlimmste in Betracht zu ziehen. Wie ein Schlag in die Magengegend traf mich nun die grässliche Wahrheit, die mich wohl ein Leben lang belasten würde. Ich fühlte mich in gewisser Weise am viel zu frühen Tod schuldig. Wie würde ich den mir noch unbekannten Eltern dereinst begegnen?

Mit der Frage, ob er mir ein Glas Wasser holen solle, riss mich der junge Polizist aus meinen wilden Gedanken. Gerne nahm ich das Angebot an und erholte mich langsam so weit, dass ich wieder einigermassen aufnahmefähig war.

Schliesslich wurde mir bedeutet, das Haus dürfe ich erst wieder betreten, wenn die Brandfahndung und der kriminaltechnische Dienst mit ihrer Arbeit fertig seien. Das könne noch ein paar Tage dauern. Ich müsse mich aber auf jeden Fall vorläufig für weitere Abklärungen zur Verfügung halten und werde zu gegebener Zeit zur Identifikation der Leichen aufgeboten.

Auf der Rückfahrt nach Cucuron erinnerte ich mich, dass der alte Louis, das Dorforiginal mit dem Übernahmen «Geschichtslexikon», behauptet hatte, über meinem Haus liege ein Fluch.

Nach seiner Schilderung habe die unselige Geschichte bereits im 18. Jahrhundert begonnen. Das erste Pestopfer in Cucuron sei 1720 in eben diesem Haus entdeckt worden, welches zu jener Zeit nur ein kleines Cabanon gewesen sei, also ein gemauerter Unterstand, in dem die Bauern ihre Mittagspause verbracht oder bei einem starken Gewitter Unterschlupf gesucht hätten.

Die von der Pest befallene Frau sei eine Fremde gewesen, von der niemand gewusst habe, woher sie gekommen sei. Möglicherweise sei es ganz einfach eine Mätresse eines der damals in Cucuron herrschenden Seigneurs gewesen, der sie in diesem Häuschen versteckt gehalten hatte.

Nach der Pest sei diese Liegenschaft gemieden und während mehr als zweihundert Jahren von keinem Menschen betreten worden. Erst im Zweiten Weltkrieg habe man das Cabanon wieder genutzt. Die hiesige Résistance habe dort einen Kommandoposten eingerichtet, wo sich die Widerstandskämpferinnen und -kämpfer getroffen hätten, um ihre Pläne zu schmieden und ihre Aktionen vorzubereiten.

Doch erneut habe das Unglück zugeschlagen. 1944, kurz nachdem die Alliierten in Toulon und Marseille gelandet seien, müsse der geheime Standort verraten worden sein. Jedenfalls sei der Kommandoposten von der SS-Sondereinheit «Brandenburg» eines Nachts in die Luft gesprengt worden und die gesamte Führungsequipe der regionalen Résistance habe dabei den Tod gefunden.

Darauf sei die Liegenschaft während eines Jahrzehntes den Vögeln, Eidechsen und Schlangen überlassen worden. Dann habe das Drama erneut begonnen. Ende der Fünfzigerjahre habe ein hoher Offizier der französischen Armee die Parzelle erworben und darauf das heutige Haus bauen lassen. Man habe den Hausherrn allerdings nie im Dorf gesehen und er habe nie wirklich in seinem neu erstellten Haus gewohnt. Kurz nach der Fertigstellung des Gebäudes sei der Offizier nämlich in Algerien einem Attentat erlegen.

Den Rest der Geschichte kannte ich. Zuerst hatte die ehemalige Geliebte des verstorbenen Offiziers das Haus geerbt. Dabei handelte es sich um Ingrid Heinzelmann, also um Brigittes Mutter, die in Avignon von ihrem Zuhälter erschlagen worden war.

Auch Brigitte wurde in diesem verwunschenen Haus nicht glücklich und nahm sich das Leben. Nun war ich offensichtlich das neuste Opfer.

22
(1317)

Die Nacht, in welcher ihre Tante starb, veränderte Annas Leben.

Das Gespräch mit dem klugen und geistreichen Benediktiner, besonders dessen Schilderungen über Hildegard von Bingen, hatte sie tief beeindruckt.

Nach der Überlieferung war die um 1100 geborene Hildegard von ihren Eltern mit acht Jahren im Sinne des heiligen Benedikts Gott geopfert und als Oblatin ins Kloster gegeben worden. Schon früh war die Klosterschülerin wegen ihres dezidierten Willens aufgefallen und deshalb zur Sprecherin ihrer Mitschülerinnen gewählt worden. Erfolgreich rang sie dem strengen Abt Lockerungen im asketischen Klosteralltag ab. Schliesslich wagte sie die offene Konfrontation mit den Benediktinern und gründete ihr eigenes Kloster auf dem Ruppertsberg in der Nähe von Bingen. Dort verfasste die als Rebellin verschriene zahlreiche Schriften zu Religion, Medizin, Musik, Ethik und Kosmologie und erhielt schliesslich von Papst Eugen III. die Bewilligung zu deren Publikation. Mit den viel beachteten Werken und wegen ihres charismatischen Auftretens erreichte sie eine grosse Bekanntheit und gewann in der Folge auch die Anerkennung der geistlichen und weltlichen Würdenträger.
Anna sah in Hildegard von Bingen eine wahre Vorkämpferin für die Sache der Frau. Obwohl sie ohne ihre Zustimmung ins Kloster gesteckt worden war, bewahrte sie ihren Willen und entwi-

ckelte ein hohes Selbstbewusstsein. Gegen alle männlichen Widerstände hatte sie sich durchgesetzt und war ihren eigenen Weg gegangen.

Nach den erfolglosen Versuchen, Elisabeth vor dem nahen Tod zu bewahren, war für Anna klar geworden, wohin ihr Weg führen sollte: Sie wollte alles über den menschlichen Körper, über die Krankheiten und die Heilmethoden wissen, damit sie künftig Menschen heilen und retten konnte.

Schon der Tod ihrer Mutter hatte Anna als kleines Mädchen hautnah miterlebt. Sie erinnerte sich, wie die Leute damals gottergeben und fatalistisch zugeschaut und dem Kindbettfieber nichts entgegenzustellen gewusst hatten.

Ihr Gefühl sagte ihr, Mutter und Tante hätten weiterleben können, wenn die Ursachen ihrer Krankheiten erkannt und die richtigen Gegenmassnahmen ergriffen worden wären. Dieses Wissen wollte sie sich unbedingt aneignen und von Johann wusste sie, wo sie dieses Ziel erreichen konnte: an der Universität in Montpellier!

Ihr Entschluss war klar: Sobald sich die günstige Gelegenheit bieten würde, wollte sie Bern heimlich verlassen, um als Mann verkleidet nach Montpellier zu reisen. Falls sie dort zum Studium zugelassen und vielleicht sogar Johann wiederfinden würde, wäre ihr Glück vollkommen.

Noch gleichentags weihte sie Elsa in ihr Projekt ein und besprach mit ihr, wie am besten vorzugehen sei. Ihre Freundin, die gleich Feuer und Flamme für den Fluchtplan war, versprach ihr, fürs Erste die nötigen Männerkleider zu besorgen.

Auch Anton Fischer zog Anna ins Vertrauen. Sie konnte ihn überzeugen, dass er als Franziskaner sein Abgangstestat der Lateinschule nicht mehr benötige und ihr ohne weiteres überlassen könne. Dieses Papier sollte sie als Mann ausweisen und ihr die Universitätstüre öffnen.

Unerwartet bot sich Anna eines Tages die Chance, auf die sie während Wochen gewartet hatte. Ihr Vater hatte Besuch eines französischen Handelsmannes und bat sie, ihn als Übersetzerin bei den Besprechungen der Geschäfte zu unterstützen.

«Wann fahren Sie zurück?», fragte Anna den Gast, als ihr Vater sie für kurze Zeit allein gelassen hatte.
«Morgen früh.»
«Würden Sie mir einen Gefallen tun?»
«Einer hübschen Dame kann ich doch keinen Wunsch abschlagen. Um was geht es?»
«Ein Bekannter möchte seine Studien an der Universität Montpellier fortsetzen und sucht eine Fahrgelegenheit.»
«Das ist doch kein Problem, ich habe noch Platz.»
«Wann starten Sie?»
«Morgens um fünf Uhr.»
«Dann sage ich dem Studenten, er soll sich rechtzeitig bei Ihnen melden.»
«Wie heisst er denn?»
«Anton Fischer. Aber mein Vater darf nichts erfahren.»
«Sie können sich auf meine Verschwiegenheit verlassen.»

Peter ab Berg kam zurück, entschuldigte sich, dass es etwas länger gedauert habe und war froh, dass sich seine Tochter in der Zwischenzeit anscheinend als charmante Gesprächspartnerin bewährt hatte.

23
(Juni 2016)

«Erheben Sie sich!», forderte mich der junge Gendarm auf, als die Untersuchungsrichterin in der schwarzen Robe den Saal betrat.

«Was wirft man mir vor?»

«Gemäss Bericht der technischen Brandfahndung ist das Feuer auf eine defekte Elektroinstallation zurückzuführen. Sie müssen von diesem Defekt gewusst haben und haben in grobfahrlässiger Art und Weise die nötige Reparatur unterlassen.»

«Ich weiss nichts von einem solchen Defekt!»

«Ihr Nachbar hat ausgesagt, Sie hätten sich ihm gegenüber über den Ausfall der Elektroheizung beklagt.»

«Daran kann ich mich nicht erinnern.»

«Ihr Gedächtnis scheint erhebliche Lücken aufzuweisen. Oder finden Sie es normal, Ihr Haus fremden Menschen zu überlassen, von denen Sie weder die vollständigen Namen noch deren Wohnadressen kennen?»

«Pascal Wüthrich ist neu im Vorstand meines Fischereivereins. Unter Fischerkollegen vertraut man sich.»

«Hier geht es nicht um Vertrauen, hier geht es um einen grobfahrlässigen Totschlag an zwei Menschen. Aufgrund der bestehenden Unklarheiten hat der Prokurator verfügt, Sie vorläufig in Untersuchungshaft festzuhalten. Sie werden sofort ins Gefängnis nach Avignon überführt. Selbstverständlich haben Sie das Recht, eine Anwältin oder einen Anwalt zu bezeichnen.»

Noch in derselben Nacht wurde ich im Gefängnis in eine düstere Zelle gesteckt, in welcher auf schmalen Holzpritschen drei verwahrlost wirkende Männer lagen, die mich neugierig musterten. Es roch nach Schweiss, Urin und Fäkalien. Dazu herrschte eine unangenehme Hitze.

Ich entkleidete mich bis auf die Unterhose, zog die übel riechende Wolldecke über mich und versuchte zu schlafen.

Zwei meiner Zellengenossen schnarchten um die Wette. Der Dritte erhob sich und pinkelte in den Kessel, der in einer Ecke stand. Nun begann der Kerl zu onanieren, näherte sich meiner Pritsche und deutete mir, es ihm gleich zu tun. Als ich nicht reagierte, riss er meine Wolldecke weg und griff mir zwischen die Beine.

Ich wollte nach Hilfe schreien, brachte aber keinen Ton heraus.

Endlich erwachte ich aus dem Albtraum.

Ich lag im Hotel L'ARBRE DE MAI in Cucuron und hatte die ganze Nacht kaum ein Auge zugetan, obwohl ich bereits die Nacht zuvor viel zu wenig geschlafen hatte.

Der Hotelname nimmt Bezug auf einen alten Brauch in Cucuron, welcher auf die Pestepidemie im 18. Jahrhundert zurückgeht.

Dabei wird erzählt, im Januar 1720 sei im Hafen von Tripolis die «Grand Saint Antoine» ausgelaufen, an deren Bord sich neben verschiedenen Waren einige türkische Passagiere befunden hätten, von denen auf dem Weg nach Marseille acht aus vorerst unerklärlichen Gründen gestorben seien. Besatzung und Passagiere seien zwar zur Untersuchung in das Spital von Marseille eingewiesen worden, fatalerweise jedoch ohne vorgängige Quarantäne. Derselbe Fehler sei bei vier weiteren aus der Türkei kommenden Schiffen gemacht worden.

Ende Juni sei dann die Pest im alten Stadtteil ausgebrochen und habe sich schnell über ganz Marseille sowie die Umgebung verbreitet. Innerhalb eines Monats seien 20 000 Todesopfer zu beklagen gewesen. Im September habe die Seuche Aix-en-Provence und anfangs Oktober Cucuron erreicht. In der Folge seien hier mehr als 800 der rund 3900 Einwohner dahingerafft worden.

Am 21. Mai 1721 habe der Dorfpfarrer die Bevölkerung zur Teilnahme an einer Prozession aufgerufen, um gemeinsam Gott und die Schutzheilige der Kirche um Gnade zu bitten. Dabei sei das Versprechen abgegeben worden, künftig alljährlich einen Baum vor der Kirche aufzustellen, falls die Gebete erhört würden. Die Epidemie sei daraufhin tatsächlich abgeflaut.

Seither wird jeweils am Samstag nach dem 21. Mai in der Nähe des Dorfes eine grosse Pappel gefällt. Der entastete Baumstamm – eben «L'arbre de mai» – wird anschliessend von den jungen Männern der Gemeinde durch das Dorf zur Kirche getragen, wo er im Rahmen eines Volksfestes aufgestellt wird und bis anfangs September stehen bleibt.

Gegen Morgen muss ich dann doch noch eingeschlafen sein. Als ich schweissgebadet aus dem fürchterlichen Traum aufwachte, war es bereits elf Uhr. Weil ich vergessen hatte, die Fensterläden des gegen Süden gerichteten Zimmers zu schliessen, glich dieses einer Sauna.

Auf dem Display meines Handys sah ich, dass Suzanne mehrmals versucht hatte, mich zu erreichen. Bei meinem Rückruf wollte sie von mir wissen, warum die Kantonspolizei bei ihr aufgetaucht sei und danach gefragt habe, ob und wann ich bei ihr in Ostermundigen gewesen sei.

In aller Kürze informierte ich sie über den Brand und die beiden Toten.

«Anscheinend verdächtigt mich die Gendarmerie, etwas mit dem Brand zu tun zu haben.»
«Das ist doch totaler Unsinn.»

«Natürlich ist das Unsinn, aber solange die Brandursache nicht bekannt ist, wird in alle Richtungen untersucht. Die Polizei tut nur ihre Pflicht.»

Nach dem Telefongespräch kühlte ich mich unter der eiskalten Dusche ab und zog mangels einer Alternative wieder die verschwitzten Kleider an.

Zum Nichtstun und Warten verurteilt, nahm ich die in Bern erstandene Romanbiographie «Anna Seiler: Die Begründerin des Inselspitals in Bern» zur Hand und setzte mich im Garten hinter dem Hotel unter einen Baum. Ich erhoffte mir, in diesem 1956 im Evangelischen Verlag in Zollikon erschienenen, 160-seitigen Büchlein etwas mehr über das Leben dieser geheimnisvollen Frau zu erfahren.
Im Buchumschlag las ich:
«Dieses schöne Buch ist das Lob auf eine edle Gesinnung und bewundernswerte Tat einer Frau, die ihrer Zeit weit voraus war und die für ihre Stadt wahrhaft Grosses geleistet hat. Es ist ein hübsches Geschenkbuch und dürfte weit über die Mauern Berns hinaus Aufnahme in jeder christlichen Familie finden.»

In derselben blumig-salbungsvollen Sprache hat der 1895 geborene und 1977 verstorbene Autor Gottfried Hess eine weitgehend erfundene Lebensgeschichte der «Seilerin» zu Papier gebracht und diese fast zu einer Heiligen gemacht.

Wahrscheinlich hatte Hess in den Archiven ebenso wenig handfeste Informationen gefunden wie ich. Selbst Frauen, die wie Anna Seiler ausserordentliche

Leistungen erbracht haben und vermögend waren, sind in den Chroniken während Jahrhunderten kaum erwähnt worden. Das hängt auch damit zusammen, dass damals Frauen keine politischen Rechte hatten und auch vom Geschäftsleben weitgehend ausgeschlossen waren. Mädchen hatten im Grunde nur drei Perspektiven: Entweder heirateten sie, gingen ins Kloster oder wurden Bedienstete.

Der Autor konnte sich somit ausser auf das bis heute erhaltene Testament nur auf die bekannten Namen der damaligen Führungsschicht der Stadt Bern stützen. Seine Schilderungen der Jugendjahre sind zwar in das mittelalterliche Lebensumfeld eingebettet, gezwungenermassen inhaltlich jedoch frei erfunden.

Bei der alles andere als spannenden oder kurzweiligen Lektüre stiess ich aber auf ein Detail, wo Hess meines Erachtens ein Fehler unterlaufen war.

Liebevoll beschreibt er, wie Anna, die schöne Tochter des erfolgreichen Geschäftsmannes Peter ab Berg, ihren nachmaligen Ehemann Heinrich Seiler kennen gelernt und wie dieser um ihre Hand angehalten habe. Dabei wird der Eindruck vermittelt, die beiden seien etwa gleich alt gewesen, was kaum stimmen kann. Bei meinen Internetrecherchen war ich nämlich auf das 1732 erschienene Werk mit dem Titel «Deliciae urbis Bernae – Merckwürdigkeiten der hochlöbl. Stadt Bern» gestossen, dem ich entnommen hatte, dass Heinrich Seiler bereits 1304 Mitglied der Berner Regierung gewesen war und somit deutlich älter als seine um 1300 geborene Gemahlin gewesen sein musste.

24
(1324)

Die ersten sechs Jahre in Montpellier waren wie im Flug vorbei gegangen.

Anna, alias Anton Fischer, hatte sich in der Universitätsstadt rasch zurecht gefunden. Am Anfang hatte sie noch bei jeder Gelegenheit nach Johann von Châlon gefragt, doch wollte niemand etwas von diesem wissen. Schliesslich hatte sie enttäuscht resigniert und sich nach der unproblematischen Zulassung mit Eifer und Fleiss dem Studium der sieben freien Künste gewidmet. Schon nach kurzer Zeit hatte sie zudem begonnen, Studienanfänger zu unterrichten und sich so den Lebensunterhalt zu verdienen.

Erstaunt hatte Anna festgestellt, dass die Universität nicht nur Christen, sondern auch Studenten und Professoren aus dem jüdischen und islamischen Kulturkreis offen stand. Mit grossem Interesse verfolgte sie jeweils die glaubensübergreifenden Diskussionen über Gesellschaftsstrukturen und lernte dabei Gedanken kennen, die ihr bisher fremd gewesen waren, für die sie aber zunehmend Sympathien entwickelte. Kritisiert wurden vor allem die ungleichen Stellungen von Geistlichkeit und Adel auf der einen sowie der Masse des Volkes auf der andern Seite, das als Knechte und Tagelöhner lebte. Gestritten wurde viel über die Frage, ob Eigentum von Grund und Boden überhaupt zulässig sei. Besonders die Idee, Gebäude und Ackerland seien den Menschen nur zum Gebrauch zur Verfügung gestellt und sollten nach dem Tod wieder der Gemeinschaft zufallen, faszinierte Anna.

Am akademischen Leben ausserhalb der Universität beteiligte sie sich kaum. Zu gross war die Gefahr, dass das Geheimnis ihres Geschlechts aufgedeckt würde. Sie bedauerte den aufgezwungenen Ausschluss aus der Gemeinschaft sehr und schwor sich, später einmal für die Zulassung der Frauen zu den Universitäten zu kämpfen.

Im siebten Jahr wurde es kritisch.

Anna hatte sämtliche Prüfungen mit Auszeichnung bestanden und das Bakkalaureus-Diplom erhalten. Damit war sie ihrem Ziel einen grossen Schritt nähergekommen und konnte sich an der medizinischen Fakultät immatrikulieren.

In der ersten Vorlesung stellte Professor Guy de Chauliac die verschiedenen Sparten der Medizin vor: die Anatomie, die Lehre über Abszesse und Tumore, über Wundkrankheiten, Geschwüre und Fisteln, die Behandlung von Frakturen sowie von Augen-, Ohren- und Zahnerkrankungen. Bereits jetzt bestätigten sich für Anna ihre undeutlichen Vermutungen: Die Theorie der vier Körpersäfte entsprach nicht mehr den neusten medizinischen Erkenntnissen und die Behandlungen gingen weit über Aderlass, Klistier und Kräuterkunde hinaus.

Einleuchtend war auch der Hinweis, fundamental sei das Erkennen einer Krankheit, erst dann könne die angemessene Behandlung erfolgen. Voraussetzung sei, dass der Arzt den menschlichen Körper und dessen Funktionen kenne. Zu diesem Zwecke würden im Verlauf des Studiums regelmässig Leichenobduktionen und Untersuchungen an freiwilligen Patienten erfolgen.

«Nächste Woche werden wir vorerst lernen, wie bei der Untersuchung eines Körpers vorzugehen ist. Dazu werdet ihr gegenseitig Probanden spielen», kündigte der Professor an.

Anna fuhr zusammen. Sie konnte solche Untersuchungen unmöglich über sich ergehen lassen und befürchtete, ihre Weigerung würde das Ende ihrer akademischen Laufbahn bedeuten.

«Kommen Sie wegen der vorgesehenen Untersuchungen?», fragte Guy de Chauliac unumwunden, nachdem er ihr die erbetene Audienz gewährt hatte.
«Wie kommen Sie darauf?»
«Mir ist in der Vorlesung aufgefallen, wie Sie erstarrt und erblasst reagiert haben.»
«Ich kann bei diesen Übungen nicht mitmachen.»
«Warum nicht?»
«Weil das nicht geht!»
«Wenn sie derart schamhaft erzogen worden sind, eignen Sie sich nicht für die Medizin.»
«Ich bin eine Frau!», platzte es aus Anna heraus.
«Dann stimmt also mein Verdacht. Aber ich bin mir bewusst, dass für Sie die Immatrikulation nur mit dieser Täuschung möglich war. Ich werde Ihr Geheimnis für mich bewahren und Ihnen helfen.»
«Wie wollen Sie mir helfen?»
«Wir werden erklären, Sie litten an einer heimtückischen Hautkrankheit, die ausbrechen würde, sobald Licht auf Ihre Haut käme. Wenn wir noch behaupten, nach Ausbruch der Krankheit sei diese ansteckend, werden Ihre Kommilitonen Sie in Ruhe lassen.»

25
(Juli 2016)

Eine Woche nach meiner überstürzten Rückkehr in die Provence hatte man mich erneut auf den Polizeiposten in Cadenet zitiert. Nun sass ich wiederum den beiden kaltschnäuzigen Beamten gegenüber.

«Gemäss den vorläufigen Untersuchungsergebnissen ist der Brand absichtlich gelegt worden», wurde mir eröffnet.
«Nachweislich wurde dabei ein Brandbeschleuniger verwendet. Die beiden Todesopfer sind offensichtlich im Schlaf überrascht worden und haben zu fliehen versucht, sind aber nur noch bis zur Türe gelangt.»

«Wer kann so etwas Furchtbares tun?»

«Das werden wir sicher herausfinden», erwiderte der junge Gendarm selbstsicher.
«Nach Auskunft der Kantonspolizei Bern können sich weder das Servicepersonal im RESTAURANT DES PYRÉNÉESS noch der Buschauffeur, der den letzten Kurs nach Ostermundigen gefahren hat, an Sie erinnern. Ihre Tochter hat zwar bestätigt, Sie hätten bei ihr übernachtet, aber Familienangehörige gelten in der Regel nicht als zuverlässige Zeugen. Übrigens lassen wir von der Kantonspolizei auch noch das Alibi Ihres Bruders überprüfen.»

«Was soll denn mein Bruder mit dieser Sache zu tun haben?»
«Die Techniker haben Spuren der Verpackung des Brandbeschleunigers entdeckt. Das in Deutschland hergestellte Produkt wird hauptsächlich in der Feuerwerksfabrikation verwendet. Einer der Hauptabnehmer ist die Hamberger AG in Wimmis, wo Ihr Bruder als Feuerwerkmeister tätig ist.»

Ich traute meinen Ohren nicht.
«Das ist absurd!», schrie ich, «statt nach den Tätern zu fahnden, die wohl in der Nähe zu suchen sind, verlieren Sie ihre Zeit mit unsinnigen Abklärungen in der Schweiz.»

Mir wurde schwindlig.

Um das Mass der Unverschämtheit vollzumachen, wurde ich noch genötigt, Fingerabdrücke und Speichelproben abzugeben, zwecks Vergleich mit den auf den Verpackungsresten gefundenen Spuren.

Halb wütend, halb niedergeschlagen fuhr ich zurück nach Cucuron.

Um mich etwas abzulenken, ging ich in die BAR DE L'ÉTANG und setzte mich neben die Einheimischen, die wie fast jeden Abend eine Partie Belote spielten. Belustigt stellte ich fest, dass es beim beliebten französischen Kartenspiel ähnlich zu und her ging wie in der Schweiz beim Jassen. Auch hier wurden Fehler des

Partners mit harten Worten kritisiert und auch hier wurden hohe Punktgewinne prahlerisch gefeiert.
Eine weitere Parallele erkannte ich darin, dass sich die Spieler während des Kartenverteilens über politische Themen unterhielten.
«Unser Staatspräsident ist ein ewiger Zauderer, der sollte so schnell wie möglich zurücktreten!»
«François Hollande ist doch ein Waschlappen und kein richtiger Staatspräsident, der ist nur noch der Bewohner des Élysée-Palastes!»

«Wollt ihr denn Nicolas Sarkozy zurück oder glaubt ihr, Marine Le Pen könnte ihre Versprechen einlösen?», wagte ich zu fragen.

Jetzt ging es erst richtig los. Die vier Spieler liessen die Karten liegen und wurden immer lauter.

«Nein, Sarkozy hatte die Möglichkeit gehabt, die Nation voranzubringen, aber er hat als ‹Président bling-bling› nur für sich und die Reichen geschaut. Eine zweite Chance verdient er nicht!»
«Dieser mediengeile, an Grössenwahn leidende kleine Napoleon soll sich aus der Politik raushalten und sich um seine Carla kümmern! Ich gehe davon aus, dass Alain Juppé, der Bürgermeister von Bordeaux, im Herbst die Vorwahlen gewinnen und Sarko aus dem Rennen werfen wird.»
«Marine Le Pen ist eine Wölfin im Schafspelz. Die ist genauso rechtsextrem wie ihr Vater!»
«Eine Frau ist sowieso nicht im Stande, unsere Republik zu führen, weder eine Linke noch eine Bürgerliche!»

«Du bist ein unverbesserlicher Macho. Schau doch die deutsche Bundeskanzlerin Angela Merkel an, die ist ihren Kollegen in der EU haushoch überlegen!»
«Wenn statt ‹Flanby Hollande› Martine Aubry, die Tochter von Jacques Delors, im Élysée sässe, ginge es Frankreich auch besser!»
«Die Bürgermeisterin von Lille ist aber noch älter als Hollande und Ségolène Royal, die Kandidatin von 2007. Wenn der Parti socialiste 2017 gewinnen will, muss er auf eine jüngere Kraft setzen.»
«Einverstanden, aber für mich kommen weder der ehrgeizige Premierminister Manuel Valls noch der smarte Emmanuel Macron infrage. Das sind doch beides verkappte Bürgerliche.»
«Wer dann?»
«Eigentlich wäre Jean-Luc Mélenchon mein Wunschkandidat, aber nach seinem Austritt aus der Parti socialiste hat er kaum eine Chance und spaltet nur die Linke. Ich hoffe deshalb auf den blitzgescheiten Arnaud Montebour, der bisher unbeirrt die sozialistischen Ideale vertreten hat. Er ist nicht nur in der Lage, Sarko und Le Pen in die Schranken zu weisen, sondern auch Merkel, Schäuble und Juncker den Kopf zu waschen!»

«Ruhe! Fertig mit Politik! Jetzt wollen wir den Halbfinal verfolgen!», gab der vierschrötige Wirt wortgewaltig durch und würgte die Diskussion auf einen Schlag ab. Die Bar hatte sich in der Zwischenzeit gefüllt und das Personal war bemüht, alle Gäste zu bedienen, bevor der unmittelbar bevorstehende Anpfiff im Stade Vélodrome in Marseille erfolgte.

«Der Match des Jahrzehntes», wie die Begegnung zwischen Frankreich und Deutschland im Vorfeld in der Lokalzeitung bezeichnet worden war, wurde mit gemischten Gefühlen erwartet. Nur zu gut wussten die Interessierten, dass «Les Bleus» letztmals 1958 «La Mannschaft» in einem Ernstspiel besiegt und danach 1982, 1986 und 2014 dreimal verloren hatten.

Insbesondere die Erinnerung an das als «Nacht von Sevilla» oder als «Thriller von Sevilla» bezeichnete Halbfinalspiel an der Weltmeisterschaft 1982 war immer noch präsent. Beim Spielstand von 1:1 war der kurz zuvor eingewechselte Patrick Battiston eine halbe Stunde vor Ablauf der regulären Spielzeit mit dem Ball allein auf das deutsche Tor gestürmt. Dabei wurde er vom herauslaufenden Torhüter Harald Schumacher angesprungen und zu Fall gebracht. Battiston blieb bewusstlos am Boden liegen und musste mit angebrochenem Halswirbel, einer Gehirnerschütterung und zwei verlorenen Zähnen ausgewechselt werden. Die Aktion Schumachers wurde vom Schiedsrichter zum grossen Ärger der Franzosen nicht geahndet. In der Verlängerung zog Frankreich vorerst auf 3:1 davon, doch die Deutschen konnten nochmals ausgleichen. Zum ersten Mal musste ein Spiel bei einer WM durch Penaltyschiessen entschieden werden. Weil zwei französische Spieler an Schumacher scheiterten, kamen schliesslich die Deutschen in den Final, den sie im Bernabéu-Stadion in Madrid 3:1 gegen Italien verloren.

Erstaunt stellte ich fest, wie in der BAR DE L'ÉTANG fast alle Anwesenden bei der Nationalhymne, der so genannten Marseillaise, mitsangen oder zumindest summten.

Die französische Equipe ging los wie die Feuerwehr und machte ihre Gegner am Anfang zu reinen Statisten. Begeisterung herrschte in der Bar. Die Deutschen fanden in der Folge aber immer besser ins Spiel, übernahmen je länger desto deutlicher das Spieldiktat und kamen zu echten Torchancen. Mehrmals war es jetzt mäuschenstill um mich herum und die Angst vor einem Rückstand war greifbar. In der Nachspielzeit vor der Pause kam dann die Erlösung: Nach einem Handspiel des deutschen Spielführers Bastian Schweinsteiger liess sich der neue französische Star Antoine Griezmann nicht zwei Mal bitten und verwandelte den Elfmeter souverän.

Bei guter Stimmung war das Servierpersonal gefordert. Für provenzalische Verhältnisse ungewohnt, floss ziemlich viel Bier, jedoch verhältnismässig wenig Pastis und Wein.

In der zweiten Spielhälfte war zwar die deutsche Mannschaft weiterhin eher überlegen, aber zwanzig Minuten vor Spielschluss entschied Griezmann die Partie mit seinem zweiten Treffer.

Ich liess mich vom Freudentaumel mitreissen, vergass für eine Zeit meinen Kummer und meine Sorgen und sank in meinem Hotelzimmer sofort in einen tiefen Schlaf.

26
(1332)

Auf ihrem Weg nach Bern bezog Anna in Murten ihr letztes Nachtlager. Ein seltsames Gefühl beschlich sie beim Gedanken, am kommenden Tag wieder in ihrer Heimatstadt zu sein.

«Lebt mein Vater noch? Wie wird er reagieren? Ist er noch im Kleinen Rat? Hat sich die Stadt stark verändert? Wie haben sich die politischen Verhältnisse entwickelt? Wer sitzt wohl auf dem Schultheissenstuhl?» Diese und hundert andere Fragen gingen ihr durch den Kopf.

Nach weiteren sechs Jahren hatte sie das Medizinstudium mit Bravour abgeschlossen und aus den Händen des Dekans das Magisterdiplom mit der Auszeichnung «summa cum laude» überreicht bekommen. Danach war sie mehrere Monate als Wanderdoktor unterwegs gewesen, bevor sie sich zur Rückkehr in ihre Heimatstadt aufgemacht hatte.

Mehrmals war es ihr nur knapp gelungen, der Entdeckung zu entgehen. So etwa damals, als Anna dem Drängen eines ihrer Kommilitonen nachgegeben und an dessen Hochzeitsfest teilgenommen hatte. Der liebliche Wein war in Strömen geflossen und auf dem Heimweg war ihr die angetrunkene Schwester der Braut gefolgt und wollte unbedingt mit in die Kammer kommen. Auch bei einer Studienexkursion nach Avignon hatte es eine bedrohliche Situation gegeben, weil alle Teilnehmer zusammen im Gästeschlafsaal des Papstpalastes untergebracht gewesen waren.

Ihre Erbitterung und ihr Unmut über das aufgezwungene Versteckspiel war ständig angewachsen. Oft war sie nahe daran gewesen, ihr wahres Geschlecht erkennen zu geben und dann den Verbleib an der Universität nach dem Vorbild von Hildegard von Bingen zu erkämpfen. Aber der Mut hatte ihr dann doch gefehlt, weil sie ihren Studienabschluss nicht gefährden wollte. Später hatte sie mit dem Gedanken gespielt, ihr Geheimnis unmittelbar nach der Diplomüberreichung preiszugeben. Schliesslich hatte sie aber auch diese Idee fallen gelassen.

Melancholisch schlenderte Anna durch Murten, als sie plötzlich Musik hörte. Sie blieb stehen und lauschte dem Lied, das da gesungen wurde:

«In Freiburg war ein Jägersmann,
Der traf einen mächtigen Bären an
Auf der Jagd in grüner Weide.
Da sprach der Jäger voller Wut:
Du, Mützlein, raubtest mir Freunde und Gut,
Die Freud' wird dir werden zu Leide.
Hast mir geraubt so manchen Freund,
Aus Rache werd' ich dir zum Feind.
Kann ich allein dich nicht zerreissen,
Viel Hund' ich auf dich hetzen will,
Die Jagd wird werden ein lustig Spiel,
Dich zu fangen und zu beissen.
Savoyer heisst mein grösster Hund,
Graf Ludwig greift dich an zur Stund',
Er wird mich gern begleiten.
Kann ich sie bringen auf die Fahrt,
Von Valengin Graf Gerehard,
Sie werden mit dir streiten.

Von Greyerz und von Montenach
Und die von Turn sind auch nicht schwach,
Sie werden den Pelz dir bürsten.
Zu Hülfe kommen ihnen sogar
Zwei Hunde mit geschorenem Haar,
Von Lausanne und von Sitten zwei Fürsten.
Von vielen Bergen, aus jedem Tal
Kommt eine grosse Hundezahl,
Ich höre sie heulen und bellen.
Von Kyburg ist zur Hundeschlacht
Auch immer willig Tag und Nacht.
Die werden dich hetzen und stellen.
Jetzt sind die Hunde all' zur Stell',
Jetzt, wehe dem Bären und seinem Fell!
Sie sind ihm auf der Fährte,
Die Hunde laufen um ihn her,
Jedoch der Bär stellt sich zur Wehr,
Wie er sich der Meute erwehrte
Jetzt edler Bär in Todesgefahr,
Jetzt nimm zuerst des Jägers gewahr
Pack' ihn mit Zähnen und Krallen!
Wenn du den Jäger zerrissen hast,
Fällt mit dem Wirte auch der Gast,
Ja, Jäger und Hunde, sie fallen.
Das war des edlen Bären Rach'
Buchsee und Landshut er zerbrach,
Äschi, Schwanden und Strätlingen,
Gümminen Burg und Stadt
Unser Mutz zerbrochen hat.
Noch wird ihm viel gelingen!»

Anna ging auf die Sänger zu, um sich zu erkundigen, was der eigentümliche Text zu bedeuten habe.

Erst nach mehrmaligem Nachfragen begann sie den Sinn des Liedes einigermassen zu verstehen und begriff, dass sie in einer unruhigen Zeit zurück nach Bern kam. Wie den ersten Strophen zu entnehmen war, hatte Freiburg Bern, den «Bären», irgendwie provoziert, wobei Freiburg nicht nur Unterstützung von Savoyen und den Grafen von Kyburg, Valangin, Greyerz und Montenach genoss, sondern auch jene der Bischöfe von Lausanne und Sitten, die als «geschorene Hunde» bezeichnet werden. Die letzten zwei Strophen besingen sodann Berns Gegenwehr gegenüber Freiburg und die Rache an Buchsee, Landshut, Äschi, Schwanden, Strätlingen und vor allem Gümmenen.

Die Sänger prahlten, Murten, Biel und Solothurn seien zusammen mit Bern gegen die freiburgische Burg Gümmenen gezogen und hätten diese sowie die zugehörige Siedlung Mauss nach erfolgreicher Belagerung zerstört.
«Heisst das, Bern hat gesiegt?»
«Ja, wir haben Freiburg und den Kyburgern eine Lektion erteilt.»
«Geht jetzt der Krieg noch weiter?»
«Nein, Königin Agnes von Ungarn, die Schwester von Albrecht von Habsburg, hat als Vermittlerin zwischen den beiden Parteien einen Friedensschluss erreicht.»

Anna hatte Mühe, die Neuigkeiten zu verdauen, war aber froh, nicht mitten in einem Krieg nach Hause zu kommen.

In Murten hatte sie sich unter dem Vorwand, ihre Schwester beschenken zu wollen, Frauenkleider besorgt und vor Berns Toren nach rund vierzehn Jahren ihr Männerdasein endlich abgelegt.

27
(Juli 2016)

Auch in der BAR DU SUD an der Ecke «Rue des Lices» / «Rue du Portail Magnanen» in Avignon wurde das Halbfinalspiel zwischen Frankreich und Deutschland verfolgt.

In der einen Ecke sassen zwei gelangweilte Prostituierte, die sich über die mangelnde Kundschaft während der Europameisterschaft beklagten und mit Neid an ihre Kolleginnen in Marseille dachten, die wohl das Geschäft des Jahres machten. Die beiden leichten Mädchen konnten zwar nicht viel mit Fussball anfangen, hofften aber darauf, nach dem Spielende doch noch den einen oder andern Freier zu finden und wollten dann mindestens wissen, welches Team gewonnen hatte.

Auch die beiden Männer an der Theke schienen den Match ohne grosses Interesse zu verfolgen. Einzig der Barkeeper war mit Leib und Seele dabei. Seine Mimik und seine Körpersprache liessen erkennen, wie er die einzelnen Spielzüge mitlebte, wie er mitfieberte und mitlitt.

«Ich steige aus», warf der deutlich erregte Pierre-Alain seinem älteren Begleiter zu, kaum war der Schlusspfiff des Schiedsrichters erfolgt, «die Sache wird mir zu heiss. Du musst dir einen andern Partner suchen!»

«Nein», entgegnete Emmanuel seelenruhig. «Jetzt ist es zu spät, um auszusteigen. Wir sitzen beide im selben Boot und müssen die Suppe gemeinsam auslöffeln.»

«Du hast mich hereingelegt und mir versichert, wir würden das Haus des herumschnüffelnden Schweizers nur abfackeln, um ihm einen Denkzettel zu verpassen, während er in der Schweiz weile. Deine Behauptung, das Haus stehe leer, war offensichtlich falsch: In der Tagesschau haben sie gemeldet, die Gendarmerie habe in der Brandruine zwei Leichen gefunden. Für krumme Touren bin ich zu haben, aber mit einem Mord will ich nichts zu tun haben. Ich sage es nochmals klipp und klar: Ich steige aus!»

«Und ich sage dir ebenso klar: Du steigst jetzt nicht mehr aus! Ich war zwar ehrlich der Meinung, es sei niemand im Haus, als wir den Brand gelegt haben. Todesopfer waren nicht geplant, aber jetzt ist es halt dumm rausgekommen. Das ist zwar nicht schön, aber da wir keine Spuren hinterlassen haben und uns niemand beobachtet hat, brauchen wir nichts zu befürchten.»

«Lass mich gehen. Ich fahre zu meiner Schwester in die Normandie und werde auf ihrem Bauernhof arbeiten. Über das Geschehene wird keine Menschenseele etwas vernehmen. Sicher werde ich der Gendarmerie nichts verraten! Versprochen!»

Emmanuel bezahlte, erhob sich und forderte seinen Kumpan auf, ihm zu folgen. Die beiden verliessen die Bar.

28
(1332)

Die Hochzeitsgesellschaft war bereits vor dem Haupteingang der Vinzenzkirche versammelt, als Heinrich Seiler und Anna ab Berg in die Mitte des Kreises traten, den die Anwesenden gebildet hatten. Der Geistliche sprach mit ernster Miene ein paar Worte, mit denen er dem Brautpaar Sinn, Zweck und Wirkung der Ehe in Erinnerung rief.

«Ja, mit Gottes Hilfe!», bekräftigten Bräutigam und Braut nacheinander ihren Willen, den künftigen Lebensweg gemeinsam zu beschreiten und einander bis zum Lebensende treu zu bleiben. Das Brautpaar wurde gesegnet, bevor sich die Gesellschaft zum Gottesdienst in die Kirche begab.

Beim anschliessenden Hochzeitsfest waren praktisch alle Mitglieder des Kleinen und die Mehrheit des Grossen Rates mit ihren Familien, mehrere Geistliche sowie Vertreter befreundeter Städte, Grafschaften, Fürstenhäuser und Freiherrschaften anwesend.

Zwei Themen beherrschten die Gespräche der Hochzeitsgesellschaft: Einerseits das Geheimnis hinter Annas mehrjähriger Abwesenheit und anderseits die Frage, warum diese ausgerechnet den um mehrere Jahre älteren Heinrich Seiler heirate. Wilde Gerüchte wurden tuschelnd ausgetauscht. Neben diesem Klatsch und Tratsch war die Tagespolitik, insbesondere das weiterhin angespannte Verhältnis zwischen Bern und Freiburg, in den Hintergrund geraten.

Anna hatte die ganze Zeremonie emotionslos über sich ergehen lassen, verlor den stolzen Bräutigam mehrmals aus den Augen, vermied es aber, mit den gratulierenden Gästen ernsthafte Gespräche zu führen. Einzig mit einem der französischen Gesandten verweilte sie etwas länger, um sich dann beiläufig nach Johann de Châlon zu erkundigen. Sie vernahm, dass ihr ehemaliger Geliebter seit über zehn Jahren mit einer Tochter aus dem Hause Montbéliard verheiratet sei, die Grafschaft Auxerre übertragen erhalten habe und sich nun «Jean II de Châlon-Auxerre» nenne.

Heinrich Seiler war während Annas Abwesenheit dank Peter ab Bergs Protektion vom Rat zuerst zum Spitalmeister und ein Jahr vor ihrer Rückkehr zum Vogt des Niedern Spitals an der Gerechtigkeitsgasse ernannt worden.

Peter ab Berg hatte kaum grosse Rührung gezeigt, als seine vermisste Tochter unerwartet wieder aufgetaucht war. Anna hatte ihn wahrheitsgetreu über ihren Aufenthalt, ihre Männerrolle und ihr Studium in Montpellier informiert. Ungläubig hatte er ihre Schilderungen angehört und das Master-Diplom betrachtet. Dabei schien Anna im Gesicht ihres Vaters sogar ein wenig Stolz zu erkennen.

Anna war erleichtert gewesen, keine schwerwiegenden Vorwürfe entgegennehmen zu müssen und hatte oppositionslos den Wunsch ihres Vaters akzeptiert, nun die seinerzeit im Geheimen vorgenommene Heirat in aller Öffentlichkeit zu offizialisieren.

Damit bot sich ihr auch gleich die Möglichkeit, das in Montpellier erworbene medizinische Wissen in der Praxis anzuwenden, allerdings nicht als Ärztin, sondern unter dem Deckmantel einer Pflegerin. Zu ihrem Leidwesen musste sie dabei stets eine grosse

Zurückhaltung üben, denn ausser ihrem Ehemann und ihrem Vater sollte vorläufig niemand von ihrem Studium erfahren. Ihre Besonnenheit und Umsicht wurden dabei oft geprüft und es kam manchmal zu regelrechten Zerreissproben zwischen den beiden Eheleuten. Heikel wurde es immer dann, wenn Anna die Behandlungsweise einer Patientin oder eines Patienten als falsch erkannte, aber daran gehindert wurde, die ihr angemessenen Massnahmen zu treffen.

Nebst dem Unmut über die unbefriedigende Konstellation im Niedern Spital beschäftigte Anna die Ungewissheit über das Schicksal ihres Kindes.

Einige Monate nach ihrer Hochzeit bat sie deshalb ihren Vater, er möge doch im Kloster Interlaken Erkundigungen einholen und erhielt darauf den mündlichen Bescheid, der gesunde und für sein Alter kräftige Johans Seiler sei mit acht Jahren einer Bauernfamilie in der Nähe des Klosters in Obhut gegeben worden. Die Regeln des Klosters verböten aber die Bekanntgabe von Namen und Wohnort des betreffenden Bauern.

29
(Juli 2016)

Da ich zum Nichtstun verurteilt war, entschied ich mich, mit dem Zug nach Montpellier zu fahren.

Im antiquarischen Buch über die Unzucht bei Adel und Geistlichkeit im Mittelalter hatte ich gelesen, die wohlhabende Bernburgerin, die einen Bastard zur Welt gebracht habe, sei für ein paar Jahre aus Bern verschwunden und habe an der Universität Montpellier Medizin studiert.

Nun wollte ich mich dort erkundigen, ob Hinweise auf diese ominöse Bernerin vorhanden seien und ob es sich dabei wohl um Anna Seiler gehandelt habe.

Bereits kurz nach acht Uhr stellte ich meinen silbergrauen Citröen C3 auf dem weitläufigen Parkplatz beim TGV-Bahnhof in Avignon ab. Bis zur Abfahrt des Zuges reichte die Zeit gut für einen Kaffee und ein Croissant.

Pünktlich um 08:40 Uhr fuhr der spanische Hochgeschwindigkeitszug «Alta Velocidad Española» ein.

Die erste Schnellfahrstrecke des AVE, wie die Abkürzung des Prunkstückes der spanischen Eisenbahngesellschaft Renfe lautet, wurde 1992 im Hinblick auf die

Weltausstellung in Sevilla in Betrieb genommen. Seither dauert die Fahrt von Madrid nach Sevilla noch knapp zweieinhalb Stunden und damit halb so lange als vor dem Bau der 471 Kilometer messenden Bahnlinie in europäischer Normalspur statt der vorher in Spanien üblichen Breitspur.

Das in den letzten 25 Jahren ständig erweiterte spanische Hochgeschwindigkeitsbahnnetz beträgt zurzeit rund 2500 km und liegt damit europaweit an erster Stelle, vor Frankreich mit etwas über 2000 km und Deutschland mit rund 1300 km. Weitere 3000 km sind in Bau oder Planung.

Seit Dezember 2013 verkehren AVE-Züge auch auf der Strecke von Marseille nach Madrid. Täglich bietet Renfe je eine direkte Verbindung in beiden Richtungen an, die mit einer Reisezeit von acht Stunden sehr attraktiv ist. Am Morgen verlässt der Zug um acht Uhr Marseille und am Nachmittag um halb zwei Uhr Madrid.

Nach nur gerade 45 Minuten Fahrzeit kam ich in Montpellier an.

Zu Fuss erreiche ich über die Rue de Magelone und die Rue de Loge, an der Esplanade Leo Mallet und dem Place de la Canourgue vorbei in zwanzig Minuten die medizinische Fakultät.

«Nous n'avons aucune place libre dans nos cours», wollte mich der junge Mann an der Anmeldung mit mitleidig-belustigtem Blick abwiegeln und reichte mir Prospekte für die Sommerakademie des nächsten Jahres.

Erst jetzt begriff ich: Während der Semesterferien bietet die Universität Sprachkurse an, welche bei Jugendlichen aus andern Sprachgebieten sehr beliebt sind. Der Unterricht findet nur am Morgen statt und wer die Hausaufgaben nicht allzu ernst nimmt, geniesst nachmittags die ausgedehnten Badestrände und anschliessend das vielfältige Nachtleben. Untergebracht sind die Teilnehmerinnen und Teilnehmer bei privaten Familien.

Umständlich erklärte ich mein Anliegen. Der unfreundliche Mann betrachtete mich mit einem Blick, als ob er sich zu fragen schien, ob ich wohl nicht ganz alle Tassen im Schrank hätte oder ob ich ihn auf die Rolle schieben wolle. Schliesslich prustete er los wie die Kinder im Zirkus bei den Spässen des Clowns.

Endlich hatte er sich wieder gefasst und legte mir in einem plötzlich anständigen Ton dar, er könne mir leider nicht weiterhelfen. Im Mittelalter seien nämlich keine Namenslisten der Studierenden erstellt worden und ausserdem seien damals nur Männer zugelassen gewesen, womit es undenkbar sei, dass die Frau, nach der ich suche, hier studiert habe.

Ich kam mir vor wie ein gewaschener Pudel und genierte mich für meine Naivität.

30
(1338/1339)

Die alles andere als alltägliche Ehe der beiden verschiedenartigen Partner fand rund sechs Jahre nach der offiziellen Heirat ein jähes Ende, als der bis dahin gesund erschienene Heinrich durch einen plötzlichen Herzstillstand aus dem Leben gerissen wurde. Jede ärztliche Hilfe seiner Gattin war zu spät gekommen.

Weil die beiden Eheleute in stillem Einverständnis darauf verzichtet hatten, die Ehe wirklich zu vollziehen, war das Paar kinderlos geblieben, und Anna erbte das beträchtliche Vermögen des wohlhabenden Verstorbenen.

Erneut erlebte Anna die patriarchalischen Regeln ihrer Stadt und das gleich in doppelter Hinsicht. Sie wurde zwar formelle Eigentümerin der beträchtlichen Erbschaft mit zahlreichen Besitzungen, durfte diese aber nicht selbst verwalten. Vom Kleinen Rat wurde für sie wie für jede begüterte Witwe ein Vormund bestellt. Immerhin gelang es ihrem immer noch einflussreichen Vater bei der Auswahl des Vormundes seine Fäden zu ziehen und mit Niklaus von Muhlern einen Freund der Familie einzusetzen, von dem keine grosse Einflussnahme zu befürchten sein würde.

Noch grösser war ihr Ärger, als ihr verwehrt wurde, im Niedern Spital die Nachfolge ihres Mannes anzutreten, da diese Aufgabe angeblich nur einem männlichen Vogt übertragen werden konnte. Nicht einmal ihrem Vater gelang es, seine Ratskollegen für die von Anna erhoffte Lösung zu gewinnen, denn er konnte ja das

Geheimnis über deren medizinische Ausbildung nicht lüften, weil einer Frau das Tragen von Männerkleidung bei Strafe verboten war.

Die Ratsherren hatten so oder so andere Sorgen. Alle Anzeichen deuteten auf Krieg. Der Frieden mit Freiburg war von Anfang an brüchig gewesen und ein weiterer Waffengang schien dem bernischen Kriegsrat unvermeidlich. Die Stimmung in der Stadt war bedrückt. Die Familien bangten um ihre Gatten, Väter, Söhne und Brüder, die nach Laupen gezogen waren.

«Seid ihr nicht im Stand, die Differenzen auf dem Verhandlungsweg zu bereinigen, statt wie streitsüchtige Kinder einander die Köpfe einzuschlagen?», fragte Anna eines Abends vorwurfsvoll ihren Vater.
«Wir haben das Menschenmögliche versucht. Auf mein Drängen hin war der Rat bereit, den Freiburgern weitestgehende Zugeständnisse zu machen, aber die Verhandlungen in Flamatt mussten abgebrochen werden, nachdem uns Gerhard von Valangin den Absagebrief geschickt hatte.»
«Aber der Feind ist doch übermächtig. In der Stadt heisst es, Biel sei abgeschnitten, Aarberg übergelaufen und Murten habe Neutralität erklärt.»
«Das stimmt leider, aber die Kirchspiele Bolligen, Vechigen, Stettlen und Muri, die Oberhasler, die Freiherren von Weissenburg und auch die Solothurner bekräftigen uns ihre alte Freundschaft. Zudem haben die Waldstätter unserem Gesandten Johann von Kramburg ihre Hilfe zugesagt.»
«Wenn der Krieg wirklich unvermeidlich ist, möchte ich bei der Versorgung der Verwundeten helfen!»

Widerwillig liess Peter ab Berg seiner Tochter den Willen und akzeptierte sogar, dass diese erneut in Männerkleider schlüpfte, um bei den Truppen nicht abgewiesen zu werden.
Auf Umwegen begab sich Anna Richtung Laupen und stiess dabei zufällig auf das Lazarett der Oberländer, wo der angebliche Doktor aus der Stadt Bern willkommen war.

Ohne die Kampfhandlungen direkt mitverfolgt zu haben, versorgte Anna bis zum Sieg der Berner und noch Stunden darüber hinaus Kriegsversehrte. So belastend der Anblick der vielen Toten für Anna auch war, so beglückend erfüllte sie die Gewissheit, zahlreichen Verwundeten Linderung gebracht oder gar das Leben gerettet zu haben.

31
(Juli 2016)

Beim Morgenessen auf der Hotelterrasse verfolgte ich belustigt, wie sich das junge Paar aus London über den eben publizierten Chilcot-Report zum Irak-Krieg stritt, an dem ganze sieben Jahre gearbeitet worden war. Als die britischen Truppen 2009 aus dem Irak zurückgekehrt waren, hatte der damalige Labour-Premierminister Gordon Brown den kaum bekannten, 70-jährigen pensionierten Beamten Sir John Chilcot beauftragt, die Umstände zu untersuchen, die 2003 zum Irakkrieg geführt hatten.

Was Kritiker schon immer behauptet hatten, wurde nun im 6000 Seiten umfassenden Bericht bestätigt: Die USA und Grossbritannien hatten den Irak seinerzeit angegriffen, obwohl keine akute Bedrohung durch Saddam Hussein bestanden hatte. Die angeblichen chemischen und biologischen Massenvernichtungswaffen waren eine arglistige Erfindung, um den Krieg zu rechtfertigen.

«Blair ist ein mieser Lügner und sollte wegen Landesverrats vor Gericht gestellt werden!», ereiferte sich die Engländerin in reinem Oxford-Dialekt beim Lesen des linksliberalen THE GUARDIAN, den sie wahrscheinlich im nahe gelegenen Bureau de tabac geholt hatte.

«Du übertreibst wieder einmal masslos», erwiderte ihr Partner, «Tony Blair hat damals nach bestem Wissen und Gewissen gehandelt und wollte für uns und die westliche Welt nur das Beste!»
«Der blutrünstige US-Präsident George W. Bush und sein kleiner, treuer Pudel Blair rissen den Krieg gegen alle Warnungen vom Zaun und haben damit die Autorität der UNO untergraben und Europa gespalten: auf der einen Seite die kriegswilligen Briten, Spanier, Italiener, Portugiesen, Tschechen und Polen, auf der andern Seite die als pazifistisch und verweichlicht verschrienen Deutschen und Franzosen.»
«Blair hat ja eingestanden, im Nachhinein sei klar geworden, dass der irakische Diktator die befürchteten Massenvernichtungswaffen nicht besessen und keine unmittelbare Bedrohung des Westens bestanden habe. Er habe sich auf die Geheimdienste verlassen und das Land nie und nimmer absichtlich getäuscht. Meines Erachtens ist Blair zu Recht nicht bereit, sich die Schuld für das Elend und die Opfer des Irak-Kriegs in die Schuhe schieben zu lassen.»
«Er hat aber eben auch gesagt, dass er es wieder tun würde. Das zeugt von fehlender Selbstkritik. Er hätte sagen können, es tue ihm leid. Er hätte auch sagen können, er habe sich geirrt. Er hätte sagen können, er schäme sich. Aber ihr Männer könnt nie einen Fehler zugeben. Du bist genau so stur und dickköpfig!»

Sie schmiss die Zeitung auf den Tisch, verzog sich ins Hotel und liess ihren Partner mit offenem Mund zurück.

Nun konnte ich mich endlich an die Lektüre der Lokalzeitung LA PROVENCE machen, in deren Zentrum natürlich der unerwartete Sieg der französischen Fussballnationalmannschaft stand. «KOLOSSAL» stand in grossen Lettern auf dem Titelblatt der Spezialbeilage. Als «Match des Jahrzehnts» oder als «Legende des 7. Juli» wurde das gewonnene Spiel bezeichnet und die Helden, allen voran der doppelte Torschütze Antoine Griezmann, Torhüter Hugo Lloris und Verteidiger Samuel Umititi, wurden mit Lobeshymnen in den Himmel gehoben.

Auf einer der hinteren Zeitungsseiten wurde ich stutzig. Ich glaubte meinen Augen nicht zu trauen. War da tatsächlich in der provenzalischen Lokalzeitung ein Bild der Anna Seiler? Nein, die Legende belehrte mich, dass es sich nicht um die bekannte Bernerin handelte, sondern um eine Frau namens Laura de Noves.

Gemäss des Zeitungsberichts wurde Laura de Noves 1310 als Tochter von Ritter Audebert de Noves und Ermessande de Réal in Avignon geboren. Mit 15 Jahren heiratete sie Graf Hugues II. de Sade. Sie schenkte elf Kindern das Leben und starb 1348 in Avignon an der Pest. Einer ihrer zahlreichen Nachkommen war Donatien-Alphonse-François Marquis de Sade. Dieser war Ende des 18. Jahrhunderts mit seinen pornographischen Romanen bekannt geworden, die er im Château de Lacoste geschrieben haben soll.

Das Schloss, das am nördlichen Rand des Luberons liegt, wurde vor einigen Jahren von Pierre Cardin erworben und restauriert. Da der Modeschöpfer sukzessive das halbe Dorf aufgekauft hat, ist dieses heute in Cardin-Freunde und Cardin-Gegner gespalten.

Spannend fand ich weder die Entstehung des Sadismus noch das unsensible Auftreten des steinreichen Modeschöpfers, sondern die Informationen über Laura de Noves. Anders als bei Anna Seiler, die in exakt derselben Periode gelebt hat, sind über das Leben der Südfranzösin die detaillierten Daten bekannt.

Offensichtlich fanden adelige Frauen im Unterschied zu bürgerlichen durchaus Eingang in die Chroniken des Mittelalters.

Die Wirtin im Restaurant LA MARINE DES GOUDES begrüsste mich wie einen alten Stammgast. Dabei war ich erst ein einziges Mal dort gewesen, und zwar vor über einem Jahr. Doch, sie erinnere sich gut, ich sei damals mit einer jungen Dame dagewesen, versicherte sie.

Ich war am Morgen zeitig in Cucuron abgefahren und wollte vor der auf 15 Uhr anberaumten Identifikation der Brandopfer ein paar Stunden ausspannen und mich bei einem einfachen Essen auf den emotional schwierigen Moment vorbereiten.

Die Speisekarte machte die Wahl zur Qual. Schliesslich entschied ich mich für das dreigängige Menü zum Preis von 28 Euro, inklusive einem Pastis zum Aperitif.

Zur perfekt abgeschmeckten «Soupe de poissons de roche avec ses croûtons rouille et ail» und zum zarten «Filet de daurade au velouté de crustacés avec confit de légumes à la provençale» trank ich je ein Glas weissen Cassis.

Statt dem im Menü vorgesehenen «Délice au chocolat crème anglaise» erbat ich mir eine Portion «Fromage de chèvre avec du miel», was die Wirtin diskussionslos mit dem Hinweis akzeptierte, sie würde mir diesen Wechsel ohne Aufpreis offerieren. Im Wissen, dass ich noch fahren musste und ein Rendezvous mit der Gendarmerie hatte, verzichtete ich jedoch schweren Herzens auf das dazu passende Glas Rotwein.

Zehn Minuten zu früh meldete ich mich an der Rezeption des Institut Médico Légal, das dem Hôpital de la Timone an der Rue St-Pierre im 5. Arrondissement angegliedert ist. Ich hatte den unübersehbaren Gebäudekomplex auf Anhieb gefunden und meinen silbergrauen Citroën C3 in der Tiefgarage abgestellt, von der aus ein Lift direkt ins gerichtsmedizinische Institut führt.

Mehr als eine halbe Stunde liess man mich warten. Dann wurde ich endlich von einem uniformierten Gendarm und einem weissgekleideten Aufseher abgeholt und in einen gekühlten, weiss gekachelten Raum geführt, der an eine Duschenanlage in einem Hallenbad erinnerte.

Der Aufseher verschwand hinter einer automatischen Türe und erschien kurz darauf mit einer Krankenwagenbahre, auf der eine mit einem weissen Tuch zugedeckte Leiche lag. Der Gendarm forderte mich auf, näher zu treten, und der Aufseher legte das Gesicht der Leiche frei.

«Das ist ein Irrtum», erklärte ich den beiden, als ich das wächserne Gesicht einer jungen Frau erblickte, «ich bin hier, um eine Männerleiche zu identifizieren.»

Der Gendarm kramte in seinen Papieren und verglich seine Angaben mit jenen an der Bahre, zuckte seine Schultern und forderte den Angestellten auf, die zweite Leiche zu holen. Beim Anblick des Toten schnürte sich meine Kehle zu und mein Magen verkrampfte sich. Es gab keinen Zweifel: Das war die Leiche von Pascal Wüthrich, dem ich mein Haus anvertraut hatte.

Wie in Trance beantwortete ich die Fragen des Gendarms, der mir nach dem ersten Schock etwas Zeit gelassen hatte, damit ich mich wieder fassen konnte. Um das Institut möglichst schnell verlassen zu können, unterschrieb ich den Rapport blindlings und verabschiedete mich.

Immer noch schwindelig, fuhr ich mit dem Lift in die Tiefgarage. Erst im letzten Moment fiel mir der weisse Citroën Berlingo auf, an dem ich auf der Suche nach meinem Auto vorbeikam. Urplötzlich war meine Benommenheit weg, als ich das Nummernschild mit den zwei ersten Buchstaben DH erkannte. Ich suchte nach

Bleistift und Papier, um mir die vollständige Nummer zu notieren.

Zu spät hatte ich bemerkt, dass sich jemand genähert hatte. Der Schlag auf meinen Hinterkopf kam unverhofft, meine Beine wurden weich und ich brach zusammen.

32
(1339)

Johans Seiler lag erschöpft und erschüttert an einem Waldrand in der Nähe Laupens. Zusammen mit Ruedi Urfer hatte er den schwerverletzten Ueli Herzog mehrere Kilometer weit getragen. Sie hatten das Lazarett der Oberländer schon fast erreicht gehabt, als Ueli in den Armen seiner Freunde verstarb.

Die drei jungen Böniger hatten sich gemeinsam den Oberländern angeschlossen, als diese zur Unterstützung der Berner Richtung Laupen aufgebrochen waren. Johans war allerdings alles andere als ein Haudegen und hatte bei diesem Unterfangen nur widerwillig mitgemacht, um seine Freunde nicht zu enttäuschen.

Bei den Oberländern war der gross gewachsene blonde Jüngling mit den stahlblauen Augen wegen seiner überlegten und besonnenen Art recht beliebt und genoss ein gewisses Ansehen, weil er einer der Wenigen war, der lesen und schreiben konnte.

Sein Prestige verdankte er auch ein Stück weit der seinerzeitigen Einladung auf die Burg Unspunnen. Der Freiherr von Weissenburg hatte sich damals bei ihm für die entscheidende Hilfe bei den Auseinandersetzungen mit den Haslern bedanken wollen. Der unscheinbare Knabe hatte nämlich herausgefunden, wo die Hasler während der Belagerung der Burg ihre Pferde zurückgelassen hatten. Daraufhin hatte er den Weg zum Lager den Böniger Frauen gezeigt, damit diese hinterlistig den Pferden die Spannadern durchschneiden konnten.

Lange blieben die beiden wortlos neben ihrem toten Freund im Gras liegen und hingen ihren Gedanken an die gemeinsame Jugendzeit nach. Sie fühlten sich für seinen Tod mitverantwortlich und dachten bedrückt daran, wie sie nach Bönigen zurückkehren und Uelis Eltern die traurige Nachricht überbringen müssten.

«Was machen wir nun mit seiner Leiche?», unterbrach Ruedi die beklemmende Stille.
«Geh doch mal hinüber ins Lazarett und frag, ob wir ihn denen übergeben können», schlug Johans vor.

Er konnte ja nicht wissen, dass seine leibliche Mutter seit Stunden als Mann verkleidet in eben diesem Lazarett tätig war.

Ruedi kam mit abschlägiger Antwort zurück. Das Lazarett sei komplett überfüllt und man könne sich angesichts der vielen zu versorgenden Verletzten nicht auch noch um Leichen kümmern, hatte man ihm beschieden. So blieb ihnen nichts anderes übrig, als ein notdürftiges Grab auszuheben und den Toten dort zu verscharren.

Gegen Mitternacht erreichten sie die befreite Stadt Laupen, wo der Sieg über die Freiburger und deren Verbündeten ausgelassen gefeiert wurde. Der Wein floss in Strömen und die Freudenmädchen bedienten die erfolgreichen Männer ausnahmsweise gratis.

Johans war nicht ums Feiern und er verschwand angewidert in einem leeren Stall, wo er alsbald in einen tiefen Schlaf verfiel.

33
(Juli 2016)

«Sie haben Glück gehabt!», meinte der junge Pfleger, als ich im Spitalbett erwachte.
«Was ist passiert?»
«Das sollten Sie uns sagen. Sie wurden vor zwei Tagen blutend in der Tiefgarage gefunden und zu uns gebracht.»

In einer Art Halbschlaf versuchte ich mich zu erinnern. Der Anblick des toten Pascal Wüthrich hatte bei mir einen schockähnlichen Zustand heraufbeschworen. Ich wusste noch, wie ich mit dem Lift in die Tiefgarage gefahren war, aber dort riss der Film ab.

«Sie brauchen jetzt viel Ruhe und sollten Ihr Gehirn nicht zu stark anstrengen», hörte ich plötzlich eine Frauenstimme. Ich blickte in das Gesicht einer jungen Frau, die sich als Doktor Roblin vorstellte. «Wir haben Sie vorsichtshalber für 48 Stunden in ein künstliches Koma versetzt, um das Risiko bleibender Schäden zu verkleinern und Ihren Kreislauf stabil zu halten. Die Platzwunde, ein fünf Zentimeter langer Schwartenriss, haben wir genäht. Heute Morgen wurde das Schlafmittel langsam reduziert, damit Sie aus dem Koma rausschleichen können. Wenn in den nächsten Stunden all Ihre Regelsysteme störungsfrei anlaufen und es zu keinen Halluzinationen kommt, können Sie morgen das Spital wieder verlassen.»

Ich war während ihrer Erklärungen wieder eingeschlafen, hörte die Stimme aber immer noch und verstand auch, was sie sagte.

Später wusste ich nicht, ob ich geträumt hatte oder ob ich tatsächlich Halluzinationen gehabt hatte. Auf jeden Fall sah ich plötzlich den weissen Citroën Berlingo in der Nacht ohne Licht von meinem Haus wegfahren. Hinter mir hörte ich Aurore ängstlich fragen: «Sont-ils partis?»

Erst jetzt wurde mir bewusst, dass ich dieses Auto nicht im Spital Interlaken zum ersten Mal gesehen hatte, sondern bereits nach dem nächtlichen Einbruch in Cucuron. Und plötzlich erinnerte ich mich auch wieder daran, den Berlingo in der Tiefgarage entdeckt zu haben, bevor ich zusammengeschlagen worden war.

«Was hat das zu bedeuten? Von wem werde ich verfolgt? Warum? Steht das möglicherweise im Zusammenhang mit meinen Nachforschungen über Anna Seiler und deren allfällig geheim gehaltenes Kind? Hatte wohl auch die Brandstiftung damit zu tun?» Diese und ähnliche Fragen stellte ich mir immer wieder.

Wie Schuppen fiel es mir schlagartig von den Augen, wo ich den Fahrer von Interlaken schon gesehen hatte. Es war jener Typ, der mich bei meinen Besuchen im Inselspital-Archiv beobachtet hatte. Also musste ein

Zusammenhang mit meinen Recherchen bestehen, aber ich sah darin keinen wirklichen Sinn.

Ich hatte zwar nach dem Biographieroman von Gottfried Hess auch das Textbuch von Clara Zürchers Theater gelesen. Die Autorin wollte offenbar mit dem als «Zeitbild» bezeichneten Stück zeigen, wie Anna Seiler ihr Spital gegründet und das sensationelle Testament verfasst hatte. In der letzten Szene lässt die Hobbyschriftstellerin die Protagonistin unmittelbar nach der Beglaubigung ihres Testamentes sterben. Dies ist jedoch falsch, denn Anna Seiler starb in Wirklichkeit erst rund sechs Jahre später.

In den beiden Büchlein begegnet man verständlicherweise mehr oder weniger denselben Personen, insbesondere dem Leutpriester, wie im Mittelalter Priester bezeichnet wurden, welche die Seelsorge an einer Kirche ausübten. Diebold Baselwind, ein deutscher Ordensbruder, war gemäss dem Historischen Lexikon der Schweiz zu Anna Seilers Lebzeiten Leutpriester an der Pfarrkirche St. Vinzenz, wie das Münster damals genannt wurde.

Unklar ist die Rolle, welche dieser Leutpriester bezüglich Anna Seilers Testament gespielt hat. Gottfried Hess ging anscheinend davon aus, dieser Geistliche habe die seinerzeit reichste Bernerin inspiriert und darin bestärkt, ihr Vermögen weder der Stadt noch der Kirche zu vererben. In Clara Zürchers Stück jedoch versucht Diebold Baselwind bis zum Schluss auf eine fiese und unsaubere Art, der Kirche die Erbschaft zu sichern.

Die Frage, welche Version der Tatsache entsprach, wird kaum mehr feststellbar sein. Je nachdem war dieser Leutpriester ein fortschrittlicher oder ein erzkonservativer Pfarrer. So interessant ich diese Frage fand, so wenig konnte ich mir vorstellen, jemand könnte verhindern wollen, dass ich die Antwort finden würde.

Ich konnte die Sache drehen und wenden wie ich wollte und kam einfach nicht darauf, wer mich warum verfolgte. Für einen Einbruch, eine Brandstiftung und einen Überfall müssten doch triftige Gründe vorhanden sein, sagte ich mir stets von Neuem.

Im Moment, als ich mich im Halbschlaf wieder in der Tiefgarage beim Suchen von Bleistift und Papier sah, erkannte ich unversehens das Nummernschild des weissen Citroën Berlingo: DH-497-VN.

Ich griff zum Handy und rief die Gendarmerie in Cadenet an.

34
(1348/1349)

Das Niedere Spital war längst überfüllt und immer neue Patientinnen und Patienten verlangten Einlass.

Reisende aus dem Süden hatten schon im Jahr zuvor von der heimtückischen Krankheit Pestilenz berichtet. Trotzdem war Bern auf den Schwarzen Tod nicht vorbereitet gewesen.

Die von der Seuche betroffenen Menschen bekamen plötzlich hohes Fieber, dann kriegten sie am ganzen Körper absonderliche Beulen und nach wenigen Tagen oder Wochen starben die meisten.

Weder Kirche noch Politik konnten erklären, woher die unheimliche Krankheit kam. Von einer Strafe Gottes für die sündige Menschheit, von «schlechten Winden», von einer widrigen Konstellation zwischen Jupiter, Saturn und Mars oder von verseuchtem Wasser war die Rede. Die Juden wurden als Brunnenvergifter für das Unheil verantwortlich gemacht, verfolgt und auf den Scheiterhaufen verbrannt.

Adelige und Notable, vor allem deren Frauen und Kinder, verliessen die Stadt, um der Seuche zu entgehen. Die Zurückgebliebenen banden Tücher vor ihre Gesichter, um sich zu schützen. Mit dem Verbrennen von wohlriechenden Kräutern und dem Versprühen von Rosenwasser wurde erfolglos versucht, der Krankheit zu entgehen.

Gläubige riefen die Jungfrau Maria oder den heiligen Sebastian, den Schutzpatron der Brunnen, an. Vermehrt wurden wieder Geisslerzüge durchgeführt und die Kirche handelte mit Ablässen, mit denen sich Sündige freikaufen konnten.

In den Spitälern wurden gestützt auf die Säftelehre Arzneien zur Stärkung des Organismus verabreicht. Als Ergänzung zum Aderlass wurden die Pestbeulen aufgeschnitten.
Nach dem Tod von Peter ab Berg war Elsa zu Anna gezogen. Mit deren Hilfe begann die «Seilerin», wie Anna nun genannt wurde, bei sich zuhause Kranke aufzunehmen und diese so zu behandeln, wie sie es in Montpellier gelernt hatte.

Ihr Vorbild und Lehrer Guy von Chauliac hatte bei seinen Forschungen nämlich festgestellt, dass sich die Seuche in zwei Zeitabschnitte unterteilen liess. In den ersten Wochen der Epidemie hatte er Blutspucken und hohes Fieber registriert, das innerhalb von drei Tagen zum Tod führte. In einem zweiten Abschnitt waren zum Fieber die Pestbeulen getreten und der Tod trat erst nach fünf Tagen ein. Gestützt auf diese Erkenntnisse hatte Chauliac für die beiden Perioden unterschiedliche Behandlungsmethoden vorgeschlagen, die Anna nun anwenden konnte.

Dass die Überlebensrate der Patienten im Seilerin-Spital deutlich höher war als in den städtischen Spitälern, war bald einmal aufgefallen und mit Argwohn beobachtet worden.
Nachdem die Seuche abgeklungen war, wurde Anna vor eine Untersuchungskommission geladen, welcher unter anderen der Schultheiss Johann von Bubenberg und der Leutpriester Diebold Baselwind angehörten. Sie sollte Auskunft über ihre unüblichen Behandlungsmethoden geben und wurde gefragt, ob es stimme, dass sie mit dem Teufel einen Pakt abgeschlossen habe.

35
(Juli 2016)

Pierre-Alain und Emmanuel sassen schweigend nebeneinander im weissen Citroën Berlingo und hingen ihren Gedanken nach. Vor Grenoble verliessen sie die Autobahn, um im Restaurant LA BOUCHERIE am Cours de la Libération et du Général de Gaulle ein Entrecôte mit Frites zu essen.

Seit sie regelmässig in die Schweiz fuhren, machten sie hier jedesmal eine Pause, nicht nur wegen der 300-grämmigen Entrecôtes, sondern auch um an ihren Handys die SIM-Karten zu wechseln – «eine professionelle Vorsichtsmassnahme», wie Emmanuel zu sagen pflegte.

Heute fehlte den beiden der sonst stets vorhandene Appetit. Nach dem Vorfall in der Tiefgarage des Hôpital de la Timone war ihnen klar geworden, dass der schnüffelnde Schweizer für sie gefährlich werden könnte. Sie vermuteten, es handle sich um einen getarnten Fahnder der Schweizer Polizei, der mit der Gendarmerie zusammenarbeitete.

Sie hatten sich gestritten, weil Pierre-Alain nun endgültig aufhören wollte. Schliesslich hatte aber auch Emmanuel einsehen müssen, dass der Boden definitiv zu heiss war. Sie hatten vereinbart, zumindest eine längere Pause einzuschalten. Noch ein letztes Mal wollten sie in die Schweiz fahren, um die angekündigte Ware abzuholen. Nach der Ablieferung in Marseille würden sie das Auto in irgend einem Parking stehen lassen und verduften, Pierre-Alain zu seiner Schwester in die Normandie, Emmanuel zu seinen Verwandten in Madrid.

Auf den bevorstehenden Transport aber wollten sie nicht verzichten. Zu verlockend war die Gage. In Bern waren zwei Nieren abzuholen.

Pierre-Alain hatte von Anfang an Skrupel gehabt und war froh, dass er nun aus dem schmutzigen Geschäft aussteigen konnte. Emmanuel jedoch wollte die Pause nutzen, um von Madrid aus nach Lagos zu fliegen und dort das Geschäft neu aufzugleisen. Nach seinem Plan würde er nach seiner Rückkehr gross einsteigen und den Organhandel selbst in die Hand nehmen statt nur die Transporte durchzuführen.

Sein Informant hatte ihm berichtet, in Nigeria würden pro Jahr rund 4000 Kinder von systematisch vergewaltigten und geschwängerten Mädchen zum Kauf angeboten. Die sogenannten Babyfabriken seien als Obdachlosenheime getarnt. Die schwangeren Mädchen würden mit dem Versprechen auf eine Abtreibung angelockt und dann gegen ihren Willen bis zur Entbindung des unerwünschten Kindes eingesperrt. Diese Babys würden dann mit einer Injektion getötet und regelrecht ausgeweidet. Dann kämen die Händler zum Zug. Der Preis für die Organe eines Kindes steigere sich über mehrere Stationen von etwa 2000 auf bis zu 500 000 Euro.

Bisher waren sie nur kleine Glieder in der Kette. Die Organe wurden mit dem Privatjet eines nigerianischen Geschäftsmannes von Lagos nach Bern gebracht, wo zwei Ärzte die Lieferungen sozusagen auf Bestellung nach ganz Europa organisierten. Zusammen mit einem Arzt, den er kürzlich im Centre Hospitalier Henri Duffaut in Avignon kennen gelernt hatte, wollte Emmanuel in Zukunft die europäische Verteilzentrale betreiben.

Als der Douanier bei ihrer Rückkehr nach Frankreich von Emmanuel den Führerschein und die Carte grise sehen wollte, dachten die beiden, es sei aus. Die heisse Ware im Kühlschrank würde ihnen zum Verhängnis werden. Der Uniformierte erklärte jedoch, es handle sich um eine reine Routinekontrolle, bei welcher nebst der Prüfung der Papiere systematisch eine Alkoholprobe vorgenommen werde. Der Beamte versicherte dem ungläubigen Pierre-Alain, auch er als Beifahrer müsse ins Röhrchen blasen. Dann konnten sie weiterfahren und atmeten erleichtert auf.

Zehn Minuten später wurden sie von zwei Motorrädern einer Spezialeinheit der Police nationale überholt und zum Anhalten aufgefordert. Das elektronische Lesegerät am Zoll hatte das zur Fahndung ausgeschriebene Nummernschild erkannt. Weil die Insassen als gefährlich eingestuft waren, hatte der Zöllner jedoch den Auftrag erhalten, auf Zeit zu spielen.

Schon bei der ersten Einvernahme am Tag nach ihrer Festnahme packte Pierre-Alain aus und legte ein umfassendes Geständnis ab. Auch Emmanuel knickte nach anfänglichem Leugnen ein, nachdem ihm eröffnet worden war, der Speichel in den beiden Röhrchen des Atemgerätes stimme laut DNA-Analyse mit den bei der Brandstiftung in Cucuron entdeckten Spuren überein.

36
(1349)

Unter den Mitgliedern der Untersuchungskommission in Sachen Seilerin-Spital bestand eine tiefe Kluft. Einig waren sich die Herren nur darin, dass etwas nicht mit rechten Dingen zuging.

Der Leutpriester Diebold Baselwind bezichtigte Anna Seiler der Häresie und wollte sie als Ketzerin entlarven und bestrafen. Nicht erst die wundervollen Heilungen in ihrem Spital waren ihm suspekt vorgekommen. Bereits ihr mehrjähriges Verschwinden, dann das unerwartete Wiederauftauchen, die überstürzte Heirat mit Heinrich Seiler und dessen unverhoffter Tod hatten ihn in seinem Verdacht bestärkt.

Schultheiss Johann von Bubenberg jedoch verteidigte die Seilerin, und zwar nicht in erster Linie, weil Anna Tochter und Witwe angesehener Burger war, sondern weil das immense Vermögen bei einer Verurteilung als Ketzerin der Kirche zugeflossen und die Stadt leer ausgegangen wäre.

Raffiniert wurde deshalb Elsa angeschwärzt und verleumdet, die jedoch bei ihrer Einvernahme alle Vorwürfe zu widerlegen versuchte und sowohl ihre Unschuld als auch jene von Anna beteuerte.

Am Samstag ging Elsa zur Beichte und war erstaunt, an der Stimme des Beichtvaters den Leutpriester persönlich zu erkennen.

«*Im Namen des Vaters und des Sohnes und des Heiligen Geistes. Amen*», begann Elsa, wie sie es gelernt hatte.
«*Gott, der unser Herz erleuchtet, schenke dir wahre Erkenntnis deiner Sünden und seiner Barmherzigkeit.*»
«*Amen.*»

Elsa gestand ein unkeusches Schäferstündchen mit dem Waffenknecht Cuno ein, was aber den Leutpriester nicht zu interessieren schien. Hartnäckig versuchte er, dem Beichtkind weitere Bekenntnisse zu entlocken. Rasch sprach Elsa ihr Reuegebet.

Missmutig leierte der Geistliche die Absolution herunter: «*Gott, der barmherzige Vater, hat durch den Tod und die Auferstehung seines Sohnes die Welt mit sich versöhnt und den Heiligen Geist gesandt zur Vergebung der Sünden. Durch den Dienst der Kirche schenke er dir Verzeihung und Frieden. So spreche ich dich los von deiner Sünde. Im Namen des Vaters und des Sohnes und des Heiligen Geistes.*»
«*Amen.*»
«*Dankt dem Herrn, denn er ist gütig.*»
«*Sein Erbarmen währt ewig.*»
Vergeblich wartete Elsa auf das übliche «*Der Herr hat dir die Sünden vergeben. Geh hin in Frieden.*»

Nach einer hitzigen Sitzung der Untersuchungskommission wurde eine peinliche Befragung auf der Streckbank angeordnet. Als Zeugen wurden zwei Ordensbrüder und zwei junge Mitglieder des Grossen Rates bestimmt. Der Scharfrichter, der Elsa auf der Bank festgeschnallt hatte, wollte von dieser möglichst rasch ein Geständnis erzwingen und drehte schneller als üblich am Rad, mit welchem die auf dem Rücken Liegende gestreckt wurde. Trotz fürchterlicher Schmerzen gab Elsa keinen Laut von sich.

Vorschriftsgemäss wurde die Befragung nach einer Stunde unterbrochen.

Für die Fortsetzung wurde die «gespickter Hase» genannte Stachelrolle unter das Opfers gespannt, dessen Rücken beim erneuten Strecken aufgerissen wurde. Als die beiden Ratsherren das blutige Fleisch sahen und das Geräusch der brechenden Rippen vernahmen, wurden beide kurz hintereinander totenbleich und verliessen den Raum, um sich draussen zu übergeben.

Eigentlich hätte der Scharfrichter seine Arbeit beim Fehlen der Zeugen wieder unterbrechen müssen. Stattdessen führte er am Spannrad nochmals eine halbe Umdrehung aus. Elsa verlor das Bewusstsein, ohne geschrien oder um Gnade gebeten zu haben.

Bei der Rückkehr der Zeugen war Annas Freundin bereits tot.

37
(Juli 2016)

Die Trikolore, die im Zuge der französischen Revolution entstandene Nationalflagge in den Farben Blau-Weiss-Rot vor dem Polizeiposten in Cadenet, stand auf Halbmast. Frankreich befand sich nach dem fürchterlichen Anschlag in Nizza in einem Schockzustand.

Schon beim Morgenkaffee in der BAR DE L'ÉTANG war das mit einem vom Täter geliehenen Kühllastwagen verursachte Massaker das einzige Gesprächsthema.

«Ausgerechnet am Quatorze Juillet, am Nationalfeiertag, an dem wir die Freiheit und die Einigkeit feiern, ein solches Blutbad anzurichten und dabei unschuldige Kinder zu Tode zu fahren, das kann nur ein Verrückter tun!»
«Ich glaube nicht, dass die Erklärung für eine solche Tat derart einfach ist. Das sind in der Regel Menschen, die sich als Opfer der Globalisierung fühlen und sich als Verlierer sehen.»
«Ja, und gemeine Drahtzieher verstehen es, mit raffinierten Methoden derart desillusionierte Menschen zu verführen, ihren Hass zu schüren und sie zu Selbstmordattentaten anzustacheln. Im Irak, in Albanien, Syrien und Libyen sind in den ersten sechs Monaten dieses Jahres insgesamt bereits rund 500 solche Attenta-

te mit Tausenden von Todesopfern ausgeführt worden, wobei die Opfer meist selbst Muslime sind.»
«Das wird auch bei uns in Frankreich nicht der letzte Anschlag gewesen sein. Premier Vals hat gesagt, wir müssten lernen, mit dem Terrorismus zu leben.»
«Der sollte besser dafür sorgen, dass unser Geheimdienst und unsere Polizei solche Typen rechtzeitig erkennen und aus dem Verkehr nehmen!»
«Es ist eine Illusion zu glauben, mit Wohnungsdurchsuchungen ohne richterliche Anordnung sowie mit Hausarresten für verdächtige Personen sei dem Terrorismus beizukommen.»
«Marion Maréchal-Le Pen hat schlicht und einfach Recht: Entweder besiegen wir den Islam oder der Islam besiegt uns!»
«Jawoll, wir müssen alle Muslime rauswerfen!»
«Du willst uns nur hochnehmen, du unverbesserlicher Kommunist!»
«Nein, ich will euch nicht hochnehmen. Ich will euch nur zeigen, dass es keine einfachen Lösungen gibt. Die Rezepte des Front National sind ebenso simpel und falsch wie die Rezepte der Islamisten!»
«Luc hat recht: Mit dem Ausnahmezustand, bei dem fundamentale Grundrechte der V. Republik ausser Kraft gesetzt werden, streut uns der Staat nur Sand in die Augen und lenkt von den Versäumnissen der letzten Jahrzehnte ab. Tatenlos wurde zugeschaut, wie in den ghettoähnlichen Vororten der Grossstädte eine Jugend ohne Perspektiven und Zukunftshoffnung heranwuchs und radikalisiert wurde.»
«Auf jeden Fall ist jedes solche Attentat Wasser auf die Mühle der Rechtsextremen.»

«Das stimmt leider. Statt dass uns solche Verbrechen einigen, erzeugen sie Zwietracht und Misstrauen in unserer Gesellschaft.»
«Das ist ja gerade das Ziel von Menschen, die einen Hass auf unsere Zivilisation entwickelt haben. Mit ihren Taten säen sie ihrerseits Hass und erzeugen ein Klima der Angst.»
«Das war beim Anschlag auf das Redaktionsbüro von CHARLIE HEBDO anfangs letzten Jahres noch anders: Da wurde noch parteiübergreifend Einigkeit demonstriert, das ist leider neun Monate vor der nächsten Präsidentenwahl nicht mehr der Fall.»
«Ja, praktisch alle Politikerinnen und Politiker versuchen, die Ereignisse von Nizza für ihre Ziele zu instrumentalisieren. Das ist zum Kotzen!»

Der junge Gendarm, der in Cadenet auf mich gewartet hatte, kam mir vor, wie ein umgekehrter Handschuh. Bei den ersten beiden Zusammentreffen war er mir unhöflich und überheblich begegnet und nun war er die Freundlichkeit in Person. Er habe mir von Anfang an vertraut, behauptete er, nun sei er froh, dass es der Polizei Dank meiner Hilfe gelungen sei, den Tätern habhaft zu werden.

Er gab mir die Möglichkeit, den Polizeirapport zu lesen. Ich verstand zwar nicht jedes Detail, erkannte aber doch den Ernst der Sache. Trotzdem tat mir das Duo plötzlich irgendwie leid. Im verwerflichen und abscheulichen Organhandel spielten die zwei Ganoven im Grunde genommen eine Nebenrolle, die kaum Grund für eine hohe Strafe gewesen wäre. Auch für die Brandstiftung hätten sie höchstens eine bedingte Strafe kassiert, wenn das Haus leer gestanden wäre, wie sie erwartet hatten. Nun hatten sie zwei Menschenleben auf dem Gewissen und würden wahrscheinlich für ein paar Jahre ins Gefängnis wandern.

Fälschlicherweise hatten die beiden oder deren Auftraggeber gemeint, ich sei hinter ihnen her. Sie wollten mich anscheinend einschüchtern und ich hatte meinerseits zu Unrecht geglaubt, ich sei bedroht und angegriffen worden, um zu verhindern, dass die Geheimnisse im Leben der Anna Seiler an die Öffentlichkeit gelangen.

Dem Bericht entnahm ich schliesslich auch noch, warum mein Bruder beziehungsweise die Hamberger AG ins Visier der Gendarmerie geraten war. Pierre-Alain, der jüngere der beiden, hatte der Polizei verraten, wie sie den Brandbeschleuniger bei einem Einbruch in Wimmis beschafft hatten.

Natürlich verliess ich den Polizeiposten mit einiger Erleichterung, konnte mich aber doch nicht richtig freuen. Einerseits belastete mich der Tod von Pascal Wüthrich und dessen Freundin, andererseits gingen mir die in der Tagesschau gezeigten Bilder der vielen Toten von Nizza nicht mehr aus dem Sinn.

Von Cadenet aus fuhr ich direkt zur Generalagentur der Mutuelles du Mans Assurances MMA an der Rue Henri Silvy in Pertuis. Der Versicherungsinspektor führte mich in ein kleines Hinterzimmer, wo er mir bestätigte, den erforderlichen Auszug aus dem Polizeirapport per

Fax erhalten zu haben. Auch der Bericht des für Cucuron zuständigen Schadenexperten liege bereits vor und er könne mir nach Rücksprache mit seiner Vorgesetzten zwei Varianten für die Schadensabwicklung unterbreiten.

«Ihr Haus ist für 450 000 Euro versichert. Unser Experte geht davon aus, dieser Betrag würde ausreichen, um das Haus wieder instand zu stellen», erläuterte mir der Inspektor. «Falls Sie jedoch auf die Instandstellung verzichten wollen, wären wir bereit, ihnen gemäss unseren Allgemeinen Geschäftsbedingungen zwei Drittel der Versicherungssumme, also 300 000 Euro, auszubezahlen.»

Innerhalb von drei Monaten müsse ich mich für die eine oder andere Variante entscheiden.

38
(1354)

Die Untersuchungskommission in Sachen Seilerin-Spital war aufgelöst worden. Die Schuldige war angeblich überführt und hatte dafür mit ihrem Leben bezahlt. Nach der grässlichen Folterung der unschuldigen Elsa und deren Tod hatte Anna den Glauben an die Gerechtigkeit vollends verloren. Sie mied fortan das gesellschaftliche Leben und verliess ihr Haus kaum mehr.

Schwermütig war sie zwischen Schuldgefühlen gegenüber ihrer Freundin und einer grenzenlosen Wut hin und her gerissen. Deprimiert konzentrierte sie sich auf ihre Aufgaben im Spital.

Nicht nur bei ihrer täglichen Arbeit, sondern auch abends, wenn sie mit Gott und der Welt haderte, dachte sie viel an die erspriessliche Zeit in Montpellier zurück und erinnerte sich an die oftmals hitzigen Diskussionen über die Eigentumsfrage. Nach ihren schlechten Erfahrungen sowohl mit der Geistlichkeit als auch mit der Obrigkeit war in ihr der Entschluss gereift, die von Ehemann und Vater geerbten Ländereien sollten nach ihrem Tod weder Kirche noch Stadt zufallen.

Vorerst hatte sie mit dem Gedanken gespielt, ihr Vermögen für die Gründung einer Universität in Bern zu stiften mit der Auflage, dort auch Frauen zuzulassen. Schliesslich verwarf sie jedoch diese Idee, weil sie einsehen musste, dass ihr Vermögen dafür kaum ausreichen würde. Realistisch erschien es ihr jedoch, testa-

mentarisch den dauernden Bestand des von ihr aufgebauten und betriebenen Spitals zu sichern.

Mit Ausnahme ihres Vormundes Niklaus von Muhlern empfing sie lange Zeit keine Besucher. Er kam in der Regel jede Woche einmal vorbei, um die laufenden Geschäfte zu besprechen. Im Laufe der Jahre war zwischen den beiden ein echtes Vertrauensverhältnis entstanden. Von Muhlern liess ihr weitgehend freie Hand und zeigte viel Verständnis für ihren Kummer und ihre Kritik.

Eines Abends weihte Anna ihren Vormund in ihre Zukunftspläne ein und ersuchte ihn, ihr dabei zu helfen, insbesondere Schultheiss und Kleinen Rat dafür zu gewinnen. Der Zeitpunkt war insofern günstig, als der im Moment amtierende Schultheiss Peter von Seedorf sowohl Peter ab Berg als auch Heinrich Seiler freundschaftlich verbunden und bei der Affäre mit Elsa nicht beteiligt gewesen war.

Mit der fingierten Drohung, bei Ablehnung von Annas Vorschlag werde diese die Kirche begünstigen, konnte Niklaus von Muhlern die Zustimmung der zuständigen Ratsherren erreichen.

39
(Juli 2016)

Erneut lag ich in einem Hotelbett und fand keinen Schlaf.

Am Montag hatte ich in der LA PROVENCE gelesen, die UNESCO habe 17 Bauten von Le Corbusier in sieben Ländern in die Liste des Welterbes aufgenommen.

Zu Recht wurde in der Berichterstattung festgehalten, Le Corbusiers Lebenswerk sei ein zentraler Beitrag zur architektonischen Moderne. Er habe mit dieser neuen Strömung eine globale Debatte zur Aufgabe der Architektur initiiert, eine neue architektonische Sprache erfunden, die Konstruktionsweisen modernisiert und nach Antworten auf die Bedürfnisse der modernen Gesellschaft gesucht.

Le Corbusier, der eigentlich Charles-Édouard Jeanneret-Gris hiess, wurde am 6. Oktober 1887 in La Chaux-de-Fonds geboren und starb am 27. August 1965 in Roquebrune-Cap-Martin an der Côte d'Azur. Umstritten war und ist nicht nur seine Architektur, sondern auch seine politische Haltung. Offensichtlich hegte er in den 30er-Jahren und während des Zweiten Weltkrieges deutliche Sympathien für die politische Rechte, das Vichy-Regime und den Faschismus. In verschiedenen

Briefen, die nach seinem Tod aufgetaucht waren, unterstützte er die von Marschall Pétain herausgegebene Parole der «Kollaboration» mit Nazi-Deutschland.

Kurzfristig hatte ich mich trotzdem entschlossen, nach Marseille zu fahren, um wie bei früheren Gelegenheiten ein paar Tage im Hotel LE CORBUSIER am Boulevard Michelet im 8. Arrondissement zu verbringen.

Meine Skrupel unterdrückte ich, indem ich mir einredete, ich würde nicht dem politisch fragwürdigen Privatmann Charles-Édouard Jeanneret-Gris huldigen, sondern dem gestalterischen Genie Le Corbusier.

Erstaunt stellte ich fest, dass das «Chambre cabine», welches Le Corbusiers Maxime der «Minimierung der individuellen Einheiten zugunsten einer Maximierung von kollektiven Einrichtungen» entspricht, nach wie vor nur 70 Euro kostete.

Die Masse des Zimmers richten sich nach dem von Le Corbusier entwickelten und 1948 veröffentlichten Proportionsschema «Modulor», welches auf den menschlichen Massen und dem Goldenen Schnitt basiert. Die Zimmerbreite entspricht dabei einer angenommenen Standardkörperlänge und die Zimmerhöhe der Körpergrösse mit ausgestrecktem Arm.

Das Hotel befindet sich im sechsten Stockwerk der 18-geschossigen «Cité Radieuse», des von Le Corbusier 1947 bis 1953 im Auftrag der französischen Regierung erstellten Wohnblocks. Hier verwirklichte er erstmals seine Idee der «Unité d'Habitation». Mit einer standardisierten Serienproduktion wollte er auf wirtschaftlich günstige Art und Weise breiten Teilen der Bevölkerung einen erhöhten Wohnkomfort ermöglichen.

Das unübersehbare Gebäude, das bei Einheimischen auch «La Maison du Fada» (Haus des Spinners) genannt wird, ist 138 Meter lang, 25 Meter breit und 56 Meter hoch und ruht auf mächtigen Betonstützen, die den Erdboden frei lassen.

Die 337 Appartements sind in 23 verschieden grosse Typen unterteilt, vom Einpersonenstudio bis zur Grossfamilienwohnung. Auf der Dachterrasse befinden sich Kinderspielplatz, Kindergarten, Sporthalle, Freilichttheater und sogar eine 300-Meter-Rennbahn.

Nach dem Einchecken im Hotel war ich über die Avenue de Mazargues und die Rue Paradis zum alten Hafen geschlendert, wo ich mich in die Brasserie LA SAMARITAINE setzte, um bei einem Pastis den Puls dieser faszinierenden Stadt zu fühlen.

Zum Nachtessen war ich auf gut Glück nach Madrague de Montredon gefahren und hatte tatsächlich im Restaurant AU BORD DE L'EAU einen der letzten freien Plätze ergattert.

Ohne grossen Hunger hatte ich auf Vorspeise und Dessert verzichtet, jedoch den zarten, perfekt abgeschmeckten Merlan émulsion citronnée, begleitet von einer halben Flasche Cassis aus der Domaine Bodin, einem Verschnitt aus den weissen Trauben Clairette Blanche und Marsanne blanche, in vollen Zügen genossen.

Nun lag ich bereits seit zwei Stunden im Bett und wälzte mich hin und her.

Der «Marseille-Virus» hatte mich wieder einmal erwischt. Schon früher hatte ich manchmal davon geträumt, hier zu wohnen, und nun bot sich die Gelegenheit, diesen Traum zu realisieren.

Ich malte mir aus, wie es wäre, in Les Goudes, Madrague de Montredon oder in der Nähe des Point Rouge eine Wohnung zu kaufen und hier die letzten Jahre meines Lebens zu verbringen.

Würden wohl die 300 000 Euro für den Kauf einer einfachen 3-Zimmer-Wohnung ausreichen? Würde mir das lieb gewordene Cucuron nicht fehlen? Was würde Suzanne dazu sagen?

«Morgen werde ich eine Immobilienagentur aufsuchen», war mein letzter Gedanke, bevor ich doch noch einschlief.

40
(1357)

Mitten in der Nacht klopfte jemand an die Türe des Seilerin-Spitals. Anna öffnete in der Annahme, es handle sich um einen Kranken, der um Einlass bitten wollte. Draussen stand aber nicht ein neuer Patient, sondern ein Bote mit einem Brief aus England.

Ihr ehemaliger geliebter Johann schrieb ihr, er befinde sich in London in Gefangenschaft, seit das englische Heer die Truppen des französischen Königs in der Schlacht von Maupertuis geschlagen habe.

Kurz vor Beginn der Schlacht habe er im Gespräch mit einem Schweizer Söldner vernommen, Anna lebe immer noch in Bern und habe ein eigenes Spital eröffnet. Er bat Anna, ihm zurückzuschreiben und ihm zu berichten, wie es ihr seit ihrer Trennung ergangen sei.

Während Tagen überlegte Anna, wie sie reagieren sollte. Gerne würde sie Johann verraten, dass er einen Sohn habe, der im Oberland wohne und dass sie in Montpellier Medizin studiert habe. Sie befürchtete jedoch, ihr Brief könnte auf dem Weg nach London in falsche Hände geraten.

Die Wahrheit konnte sie also nicht schreiben und ihre Geheimnisse wollte sie in einem Brief an ihn nicht verschweigen. So entschloss sie sich, auf eine Antwort zu verzichten.

Gleichzeitig wuchs in ihr das Bedürfnis, ihren Lebenslauf abzufassen, um der Nachwelt ihre Lebensgeschichte auf geeignetem Weg zu offenbaren.

Sie setzte sich hin und überschrieb ihre Aufzeichnungen mit dem Titel «Die Geheimnisse der Anna Seiler».

Dann folgte eine kurze Einleitung:
«In der festen Überzeugung, dass mutige Frauen irgendeinmal in Politik und Gesellschaft die Gleichberechtigung von Männern und Frauen erkämpfen werden, schreibe ich nachstehend meine Lebensgeschichte auf.»

Den fertigen Lebenslauf steckte Anna in einen Tonkrug und verschloss diesen mit Siegellack luftdicht.

In der darauffolgenden Nacht schlich sie sich zur Vinzenzkirche, die sich nach dem schweren Erdbeben im Vorjahr im Wiederaufbau befand. Zuunterst in der offenen Baugrube versteckte sie den Tonkrug in einer Mauerfuge und verschloss diese sorgfältig mit einem keilförmigen Stein.

41
(Juli 2016)

In Avignon herrschte wie jedes Jahr während des vor 70 Jahren gegründeten Theaterfestivals Hochbetrieb. In der halben Stadt waren an jeder erdenklichen Stelle kleinere und grössere Plakate aufgehängt und auf Schritt und Tritt erhielt ich von kostümierten und geschminkten Theaterleuten Flyer zugesteckt, mit denen auf die vielen hundert Aufführungen aufmerksam gemacht wurde.

Das offizielle Programm weist gegen 50 Veranstaltungen auf, die jährlich von über 150 000 Zuschauerinnen und Zuschauern besucht werden. Das Budget dieser so genannten IN-Veranstaltungen beläuft sich auf 10 bis 15 Millionen Euro und wird gemeinsam von Stadt, Departement, Regionalrat, Staat und von der EU getragen.

Im Unterschied zu den IN-Veranstaltungen sind die über 1000 Ensembles der OFF-Aufführungen auf sich selbst angewiesen. Sie treten deshalb meist in Hinterhöfen, umfunktionierten Garagen oder auf der Strasse auf.

Aufmerksame Beobachter stellen jeweils verwundert fest, dass die sonst stets präsenten Bettlerinnen und Bettler während des Festivals fehlen. Ein Leserbriefschreiber hatte schon vor Jahren in der LA PROVENCE behauptet, die Behörden würden den Clochards 1000 Euro für das Versprechen bezahlen, sich im Juli nicht im Stadtzentrum zu zeigen.

Wegen der Betriebsamkeit auf den Strassen hatte ich mich entschieden, entgegen der Tradition für einmal nicht ins MAISON NANI einzukehren, sondern mir ein Mittagessen im Restaurant HIÉLY-LUCULLUS an der Rue de la République zu gönnen. Schon beim Betreten fühlte ich mich in einer andern Welt. Das 1938 von den Brüdern André und Pierre Hiély gegründete Etablissement im Belle-Époque-Stil ist eine regelrechte Oase mitten im hektischen und lauten Treiben der Stadt der Päpste.

Erfreut stellte ich auf der Speisekarte fest, dass nach wie vor das traditionelle Festival-Mittagsmenü zum Preis von 26 Euro angeboten wurde. Schon die blumige Beschreibung als «Pintade fermière de pays, rôtie en cocotte en farce fine d'olives noires de Nyons, légumes du moment, coulis d'olives noires» liess mir das Wasser im Mund zusammenlaufen. Der Koch hielt, was die Karte versprach, und der Cuvée Classique von der Domaine Le Couroulu in Vacqueyras, von dem ich eine halbe Flasche bestellt hatte, liess das Perlhuhn zum Festmahl werden.

Nach dem Essen fuhr ich mit der kleinen Navette, der 2013 in Betrieb genommenen Shuttlebahn, vom alten Bahnhof im Stadtzentrum zum ausserhalb der Stadt liegenden 2001 eingeweihten TGV-Bahnhof, um erneut in die Schweiz zu fahren. Obwohl mich das hervorragende Menü und der gute Tropfen ermattet hatten, fand ich keinen Schlaf. Die Erlebnisse der letzten Tage beschäftigten mich zu stark.

Ich suchte etwas Ablenkung. Weil ich nicht daran gedacht hatte, eine Zeitung zu kaufen, begann ich im Büchlein über die Burgergemeinde Bönigen zu lesen, welches mir die Zivilstandsbeamtin in Interlaken geschenkt und das ich in meinem Rucksack vergessen hatte.

Der Autor Peter Michel schildert in dieser Broschüre auf verständliche Art und Weise die Entstehung der Burgergemeinde, die Phase der so genannten Gemischten Gemeinde sowie der Trennung und Neugründung der Burgergemeinde Bönigen. Informativ fand ich auch den Abschnitt über die Entstehung des Heimatrechtes und über die Burgerfamilien in Bönigen.

Mich interessierten in erster Linie die Ausführungen zur Familie Seiler und dabei stiess ich auf den Hinweis, Stammvater der Seiler von Bönigen sei wahrscheinlich der 1341 erstmals erwähnte Johans Seiler. Ich überlegte mir, ob da wohl doch ein Zusammenhang mit der Gründerin des Inselspitals bestehen könnte, die um 1300 geboren wurde und 1360 kinderlos starb.

«Was wäre, wenn dieser Johans Seiler ein bisher nicht bekannter Sohn von Anna Seiler gewesen ist? Könnte das legendäre Testament heute noch angefochten werden? Wer hätte dann Anrecht auf das unermessliche Vermögen?», begann ich zu phantasieren, bevor ich doch noch einschlief.

Der Beamte, der mich unsanft weckte, um meine Fahrkarte zu kontrollieren, brachte mich wieder in die Realität zurück: Nicht die Frage, ob das Testament vom 29. November 1354 anfechtbar wäre, sondern für welche der von meiner Versicherung angebotenen Varianten ich mich entscheiden sollte, stand nun im Vordergrund.

Ich wollte mit Tochter Suzanne und Bruder Erwin meine aktuelle Situation besprechen. Ich erwog auch, die Meinung von Hebu einzuholen, meinem wiedergefundenen Freund Herbert von Bergen.

Machte ich mir etwas vor?

Ich hatte mir vorgenommen, den für meine Zukunft bedeutsamen Entscheid nicht überstürzt zu fassen, sondern Für und Wider, Vorteile und Nachteile sorgfältig abzuwägen und auch die Meinungen meiner Nächsten einzubeziehen.

Herz und Bauch tendierten jedoch eindeutig darauf, auf die Instandstellung meines geerbten Hauses in Cucuron zu verzichten und mich von der Versicherung auszahlen zu lassen, um mit dem Geld in Marseille eine Eigentumswohnung zu kaufen.

Epilog

Die Geschichte über Anna Seiler ist frei erfunden und nur deshalb entstanden, weil über das Leben dieser aussergewöhnlichen Frau tatsächlich kaum mehr bekannt ist als die Namen ihres Vaters, ihres Ehemannes und ihres Vormundes. Nicht einmal ihr Geburts- und Todesdatum sind belegt.

Die Darstellungen des Lebens im 14. Jahrhundert sind weder historisch akkurat noch erhebt der Autor den Anspruch, wissenschaftlichen Anforderungen zu genügen.

Belegt ist jedoch das für die damalige Zeit zweifellos sensationelle Testament. Je ein Doppel wird im Staatsarchiv des Kantons Bern und im Inselspital-Archiv aufbewahrt.

Dass die damals reichste Bernerin ihr immenses Vermögen weder der Kirche noch der Stadt zukommen liess, ist aussergewöhnlich und könnte als «Neutralisierung des Kapitals» betrachtet werden. Ein Begriff, der rund 500 Jahre nach Anna Seilers Tod von Rudolf Steiner, dem Begründer der Anthroposophie, geprägt worden ist.

Der tschechische Wirtschaftswissenschafter Otta Šik, der Vizeministerpräsident im Prager Frühling, sah die Neutralisierung des Kapitals als dritten Weg zwischen Sozialismus und Kapitalismus.

Der Entscheid von Anna Seiler ist vergleichbar mit jenem von Adele und Gottlieb Duttweiler, welche die Migros ihrer Kundschaft vermachten, indem sie das Unternehmen in eine Genossenschaft umwandelten.

Wie kam oder wer brachte Anna Seiler auf die visionäre Idee und wer hat ihr beim Abfassen des beispiellosen Testamentes geholfen?

Das sind die wahren Geheimnisse der Anna Seiler.

Anhang

Abschrift des Testaments der Anna Seiler aus dem Jubiläumsbuch «600 Jahre Inselspital» aus dem Jahr 1954:

In Gottes Namen, Amen! Ich, Anna Seilerin, Burgerin und wohnhaft zu Bern, tue kund allen, die diese Urkunde sehen oder lesen hören:

1. *In Anbetracht, dass nichts gewisser als der Tod, aber nichts ungewisser als die Stunde des Todes, habe ich, von niemandes Arglist bewogen, sondern wissend, gesund und wohlbedacht und nach reiflicher Überlegung, sowie mit dem Rat und der Erlaubnis des Schultheissen, des Rates und der Zweihundert (Grossrat), lediglich um Gottes willen und zum Heil und Trost und stetem ewigem Glück meiner Seele und der Seelen meiner Vorfahren und aller Gläubigen, zum Trost der Stadt und Burgerschaft Berns, und damit die sechs Werke der Barmherzigkeit um so besser erfüllt werden, ein ewiges Spital gestiftet; dies mit Ermächtigung und Zustimmung meines Beistandes Niklaus zu Muhleren, Burgers zu Bern.*

2. *In diesem Spital sollen ständig dreizehn bettlägerige und dürftige Personen aufgenommen sein, sowie drei weitere ehrbare Personen, die den Dienst als Pfleger der armen Bettlägerigen versehen sollen. Stirbt ein Pflegling oder Pfleger, so soll man an seiner Stelle eine andere bettlägerige und dürftige Person oder einen andern Pfleger aufnehmen, wie es der Schultheiss und beide Räte oder der von diesen bestellte Vogt beschliessen werden.*

3. *Ich bestimme und verordne nämlich mit dieser Urkunde und mit Handen meines Beistandes, dass nach meinem Tod der Schultheiss mit Kleinem und Grossem Rat, und niemand sonst, das Spital in alle Zukunft mit Vögten besetzen und alles vorkehren sollen, was sie dem Spital und den Dürftigen als nützlich und notwendig erachten und womit sie Gottes Lohn gewinnen wollen.*

4. *Sobald ein Pflegling wieder so zu Kräften kommt, dass es die andern Dürftigen sowie Schultheissen und Rat bzw. deren Mehrheit dünkt, er bedürfe der Spitalpflege nicht mehr, soll der jeweilige Vogt ihn entlassen und an dessen Stelle einen andern Dürftigen aufnehmen.*

5. *Wenn ein Pflegling so unverträglich wäre, dass die übrigen Dürftigen sich über ihn beklagten und auch Schultheiss und Rat mehrheitlich fänden, man sollte ihn aus dem Spital weisen, so soll der Spitalvogt dies tun und an seiner Stelle einen andern mit Zustimmung des Schultheissen und Rates aufnehmen – in guten Treuen, ohne Gefährde (d.h. ohne Arglist).*

6. *Für den notwendigen Lebensunterhalt der Dürftigen habe ich ihnen mit Handen meines Beistandes folgende Güter verordnet, vorausgesetzt, dass ich sie während meines Lebens behalten kann und dass mich nicht dringende eigene Not zu einer andern Verfügung zwingt: a) mein Wohnhaus mit Hofstätte in der Neuen Stadt vor dem Predigerkloster und die übrigen Häuser und Hofstätten, die mir dort gehören; dort sollen die Dürftigen ihr Spital haben und nach Notdurft wohnen und verpflegt werden; b) den bei den genannten Häusern liegenden Krautgarten, zwischen dem Garten und der Scheune des Mathias von Wichtrach und dem Garten des Willi Matter; c) die Alp Tärfeten (Diemtigtal): Sie wirft jährlich an Zins ab: 24 Zieger und den entsprechenden Anken; d) an Bodenzinsen: „Auf dem Berg" (Kirchhöre Amsoldingen) 6 lb. Und 14 β an Geld, 7 Mütt 3 Körst Dinkel, dazu Vogtei Twing, Gericht und Bann daselbst; zu Gurzelen 10 Mütt*

Dinkel, zu Utzigen 16 Mütt Dinkel, 4 Mütt und Bann daselbst; zu Gurzelen 10 Mütt dinkel, zu Utzigen 16 Mütt Dinkel, 4 Mütt Haber und 10 β Geld; zu Uetendorf 7 Mütt Dinkel und 1 lb. 1 β Geld; zu Kirchdorf 8 Mütt Dinkel, 1 lb. 1 β Geld und ein Schwein; zu Hindelbank 9 Mütt 1 Körst Dinkel und 1 lb. 14 β Geld; zu Münchringen 4 Mütt Dinkel und 1 lb. Geld; zu Jegistorf 26 Mütt 1 Körst Dinkel, 17 β, zwei Schweine sowie 1/4 des Gerichts; zu Eggiwil 2 Mütt Dinkel, 10 β und meinen dortigen Wald; zu Biglen 4 Mütt Dinkel und 1 lb. Geld; zu Höchstetten 26 Mütt 1 Kröst Dinkel, 1 lb. 16 β Geld; ferner 8 lb. Geldzinsen von meinen Häusern vor dem äusseren Spital (oberes, Heiliggeistspital) zu Bern; schliesslich meinen Achtel des Gerichts, Twinges und Bannes zu Kirchdorf, mit Häusern, Hofstätten, Äckern, Matten, Wäldern, Feld, mit allen Rechten und allen Dingen, die nach Recht und Gewohnheit dazu gehören – alles das zu haben, zu besitzen und zu geniessen, zu besetzen und zu entsetzen (d.h. Lehen- oder andere Bauern darauf zu dingen oder ihnen die Güter zu entziehen), frei und ruhig auf ewig.

7. *An Einkünften haben die Dürftigen somit von der Tärfetenalp 24 Zieger und den Anken davon; davon sollen sie die Hälfte um Salz vertauschen und die andere Hälfte im Spital brauchen und geniessen; von den Dinkelzinsen sollen sie 8 Mütt vertauschen gegen 2 Mütt Erbsen und 5 Mütt Gerste; für Fleisch haben sie die vier Zinsschweine und können von den Geldzinsen 16 lb. Jährlich zum Kauf anderen Fleisches verwenden; für Brot können sie 80 Mütt Dinkel brauchen; für Licht 8 lb. Geld; 20 Mütt Dinkel sollen alljährlich für eine Spende (an Arme ausserhalb des Hauses) ausgegeben werden, wobei das, was von der Spende übrigbleibt, ihnen zukommt; für andere Bedürfnisse haben sie noch 12 Mütt Dinkel sowie (zu Brennholz) meinen Privatwald zu Jegistorf.*

8. *Sodann vermache und verordne ich aus meinem Hause den genannten Dürftigen 16 Betten, 16 Federkissen, 16 Kissen, 16 Decken, 34 Leintücher, die dazu passen, ohne Gefährde; ferner zwei*

grosse Kessel aus einem Haus, jedoch ohne den grössten; sodann meinen grössten ehernen Hafen und vier andere eherne Häfen, vier Pfannen und eine grosse Aufhängekette in das Herdkamin.

9. *Ich verordne auch mit dieser Urkunde und mit Handen meines Beistandes, dass das Spital und seine Dürftigen in dem hievor beschriebenen Stand stets und ewig verbleiben sollen, so dass weder der Schultheiss, der Rat noch die Zweihundert von Bern noch sonst jemand das Spital mit seinen Dürftigen abgehen lassen oder irgendwie verändern sollen, ohne Gefährde, dies unter der Strafdrohung, dass, wenn die Burger von Bern jemals dawiderhandelten, ein Viertel des vorerwähnten Stiftungsvermögens ohne Widerrede dem Spital und den Dürftigen von Fryburg im Uechtland, von Thun und von Burgdorf – in Treuen und ohne Gefährde.*

10. *Doch behalte ich den Burgern von Bern vor, dass sie das Spital wohl äufnen und mehren mögen mit ihren Almosen und mit anderen guten Dingen, wozu ihnen Gott Gnade gibt; doch so, dass das Spital nach meiner vorstehenden Ordnung ewig ohne Widerspruch bestehen bleiben soll und dass den dreizehn Dürftigen und den drei Personen, die sie pflegen sollen, an ihrer Pfründe und ihren Gütern und gemäss vorstehender Ordnung nichts abgehe oder gemindert werde – in guten Treuen, ohne Gefährde.*

11. *Ich gelobe auch für mich und meine Erben mit Handen meines Beistandes, den Dürftigen und ihren Nachfolgern rechte Währschaft zu leisten für das freie unbeschwerte Eigentum aller ihnen zugedachten Güter, gegen jedermann, auf unsere eigenen Kosten, vor geistlichem und weltlichem Gericht und ausser Gerichts, wo, wann und sooft sie hievor Gesagte stet zu halten, verpflichte ich mich und meine sämtlichen Erben mit Handen meines Beistandes, sowie alle vorgenannten Güter den Dürftigen und ihren Nachfolgern, in rechtskräftiger Weise als rechte Bürgern und Schuldner mit dieser Urkunde: hiezu bin ich denn auch völlig ermächtigt worden durch das von Schultheiss, Rat und Zweihundert gefällte*

Urteil, welches der hierüber bestehenden gesetzlichen Ordnung entspricht. Zudem verzichte ich mit rechtem Wissen für mich und meine Erben, mit Handen meines Beistandes, auf alle Einreden, Listen und Spitzfindigkeiten und auf alle Hilfe geistlichen oder weltlichen Rechts, wodurch diese Urkunde im ganzen oder in einzelnen Teilen irgendwie widerrufen oder geschwächt werden könnte – in guten Treuen, ohne Gefährde.

Zeugen dieser Verfügungen sind: Herr Johann von Kramburg, Herr Konrad von Burgistein, Ritter; Peter von Krauchtal, Peter von Balm, Conrad vom Holz und andere genug.

Zu Bekräftigung und Sicherheit dieser Verfügung habe ich, Anna Seiler, den weisen Peter von Sedorf, Schultheissen zu Bern, gebeten, dass er sein Siegel, und den Rat und die Zweihundert von Bern, dass sie das Stadtsiegel für mich an diese Urkunde gehängt haben.

Wir, der Schultheiss, der Rat und die Zweihundert von Bern, bekennen, dass wir dies auf ihre Bitte hin getan haben, und namentlich, dass dies alles vor uns mit unserem Urteil vor sich gegangen ist.

Hinwieder ich, Niklaus von Muhlern, bekenne hiermit öffentlich, dass alles Vorstehende mit meiner Hand und meinem guten Willen geschehen ist, und gelobe als Beistand, es stets zu halten: zum Beweis hiefür habe ich den frommen Ritter, Herrn Philipp von Kien, gebeten, dass er für mich sein Siegel an diese Urkunde gehängt hat.

Dies alles geschah und diese Urkunde wurde darüber ausgestellt am Tag vor St. Andreas des Apostels Tag, im Jahr 1354 nach Gottes Geburt (29. November 1354).